내 사람을 생각한다

내 사람을 생각한다

백석에게 띄우는 이중섭 편지

김탁환 소설

남해의봄날

벗은 설움에서 반갑고
님은 사랑에서 좋아라.
— 김소월, '님과 벗'

죽을 때까지 한 번은 만나자고
말하면
당신도 살며시 끄덕일까
— 이시카와 다쿠보쿠

하나. 화가와 시인 ························· 11
둘. 돌층계처럼 ··························· 39
셋. 란을 찾아서 ·························· 51

작가의 말 ································ 90
참고 문헌 ································ 94

이중섭 선생님이 남기신 〈충렬사〉 스케치들은 이채롭다.
정월 초부터 시작된 작업은 삼월 말에야 채색을 마쳤다. 구도와
시선이 독특하며, 군데군데 적어 둔 글이 예사롭지 않다.
그림이면 충분하고 글을 따로 붙일 까닭이 없다셨는데, 유일한
예외가 아닐까 싶다. 가득 채운 글도 있고 뚝뚝 끊긴 글도 있다.
돌층계 옆이나 위나 아래, 아예 뒷면에 쓰기도 하셨다. 글만 모아
놓으니, 편지다. 부치지 않은, 부칠 수 없는. 흩어질 것을 염려하여
여기에 따로 옮긴다.

— ㄴㅏㅁㄷㅐㅇㅣㄹ

하나. 화가와 시인

사슴을 흠모한 하룹송아지의 헛발질을 구경하시렵니까.

도쿄로 편지를 띄우려 통영우체국에 나왔다가 안뒤산으로 흐르는 매지구름을 창가에서 우러렀습니다. 한 달이 또 지났네요.

갈맷빛 숲은 한참을 기다려야 하지만, 눈세기물[1] 구경조차 힘든 통영이기에 아틀리에를 벗어나도 작업할 만합니다. 충렬사를 바라보며 이젤을 놓고 서 있자니, 벗들이

---

1) 쌓인 눈이 속으로 녹아 스러지며 나는 물

와선 왜 바다를 등지느냐 별간참[2]을 다합니다. 이 피랑에 올라 저 바다를 보라거나 그 섬에 닿아 이 포구를 옮기라고 왈라당절라당 알려 줍니다. 웃음으로 답을 대신했지만, 할 말이 없어서가 아닙니다. 세병관도 바다고 봉래극장도 바다고 용화사도 바다입니다. 바다만 바다가 아니라, 바다를 바라며 수백 수천 수만 년을 지내면서 이야기를 품은 것들은 모두 바다입니다. 이순신 장군의 바다를 품지 않고는 충렬사를 그리는 것이 불가능하지요. 통영에서 부산으로 이어진 바다는 유강렬의 바다이기도 하고 이중섭의 바다이기도 합니다. 뱃길은 이어지고, 배가 다니기 전에도 물고기들이 계절을 따라 숱하게 오갔으니, 통영 바다는 원산 바다이기도 하고 함흥 바다이기도 하고 북청 바다이기도 합니다. 함흥 바다를 보며 통영 바다를 그리셨듯이, 통영 바다를 지중지중 거닐며 형님의 바다를 지금 매만집니다.

> 바닷가에 왔드니
> 바다와 같이 당신이 생각만 나는구려
> 바다와 같이 당신을 사랑하고만 싶구려

---

[2] 별참견

강구안에서 충렬사 가는 길은 여덟아홉 가지지만, 제 길은 한결같습니다. 서울역에서 기차를 타고 마산역에 내려 구마산 선창에서 하루를 묵고 배에 올라 강구안에 마침내 도착한 사내가 택한 지름길이지요. 선창골로 접어들고 동더래 골목을 지난 후에야 다시 도로와 만납니다. 왼편으론 논이 넓고 오른편으론 집들이 빽빽합니다. 도로를 따라 곧장 충렬사까지 올라가지 않고, 명정에 닿기 전 느티나무를 끼고 오른쪽 골목으로 꺾습니다. 거기, '작은 하동집'이라고도 불렸던 기와집 대문 앞에 잠시 멈춥니다. '명정양조장'의 물큰한 술내가 코를 간질입니다. 김기섭 대표는 연말 개인전에서 그림을 가장 먼저 샀습니다. 두둑한 그림값 덕분에 저는 새 화구를 장만했고요. 고마운 일입니다. 형님! 이 집을 잊진 않으셨지요? 일천구백삼십육 년, 혼담을 건네고자 찾으셨던 란(蘭)의 집입니다.

　　중섭입니다, 제 이름!
　　'이중섭의 소 문학수의 말'이라 일컬을 때 그 이중섭이 바로 접니다. 형님보다 네 살 아래, 일천구백이십구 년 형님이 졸업하시고 일 년 뒤 오산고등보통학교에 입학했습니다. 형님은 일천구백십팔 년 오산소학교부터 다니셨으니, 평양이나 다른 곳을 떠돌다 정주로 온 고보생과는 다릅니다. 교사와 학생들이 형님 댁에서 하숙하며 거쳐 갔기에, 그 집 귀둥이에 관한 소문은 무릿돌 구르듯 끊이질 않았습니다. 외모면 외모 공부면 공부 예술이면 예술, 어느 것 하나 절등하지 않은 구석이 없었다더군요. 끌밋한 형님과 학교를 함께 다녔다면 어땠을까요.

    백두산서 자란 범은 백두호라고
    범중에 범으로 울리나니라
    우리들은 오산에서 자라났으니
    어디를 가든지 오산이어라

제가 오산고보를 나오지 않았다면, 함석헌 선생님께 역사를 배우지 않았다면, 형님의 시를 탐독하지 않았다면, 충렬사를 그리는 일은 없었을 겁니다.

풍경이 눈에 들어온 것이 한 걸음이고 화구상자를 챙긴 것이 한 걸음이고 이젤 앞에 서서 안으로 들일 풍경과 밖으로 지울 풍경을 살피는 것이 한 걸음이고 딴생각을 잔

뚝 하는 것이 한 걸음이고 연필을 깎는 것이 한 걸음이고 종이를 찢는 것이 한 걸음이고 붓을 고르는 것이 한 걸음이고 물감을 팔레트에 짜 섞는 것이 한 걸음이고 색칠하는 것이 한 걸음입니다. 이 모든 걸음으로 돌층계를 오른 후 저만의 소를 시작하려 합니다.

원산의 어머니, 도쿄의 아내와 두 아들, 아틀리에, 거기에 두고 온 그림들. 보고 싶을 때마다 시를 만지작거립니다. 어디서 시작하든 결국 형님의 작품에 닿죠. 사립짝문처럼 연 시 속에서 어머니를 아내를 아들들을 끌어안습니다. 그리느라 세상을 잊은 열다섯 살 소년의 야윈 등허리.

붕어곰, 송구떡, 매감탕, 두부산적, 국수, 무이징게국, 니차떡, 도토리범벅, 콩가루차떡, 쥔두기송편, 돌나물김치, 물구지우림, 반디젓. 혀로 쓴 시들을 읽고 나면, 붓을 물고 그려 볼까 싶습니다. 탁월한 요리사는 많지만, 문장으로 귀한 맛을 내는 이는 매우 적으니까요. 더군다나 저는 형님이 제시하는 음식들을 평원에서 평양에서 정주에서 원산에서 이미 맛보았기에, 그 단어 그 문장마다 도리깨침을 삼키지 않을 수 없습니다. 시에 담긴 음식들로만 거한 잔칫상을 캔버스에 차리기도 했습니다. 정성을 다해도 턱없이 모자랐지만.

'작은 하동집' 주인이 언제 어떤 연유로 바뀌었을까요? 란이 계속 지켰다면, 하이얀 회담벽에 옛적본의 장반시계를 걸어놓은 집이 양조장으로 탈바꿈하진 않았을 겁니다. 김기섭 대표가 빠뜨홍을 자처하니 고맙긴 하지만, 술내로 가득 찬 골목을 걷는 마음이 내내 불편했습니다.

＊

시인에게 편지를 쓰는 건 눈포래[3]를 홀로 맞듯 최악이라지요. 갓밝이부터 초가들을 지나 녯 장수 모신 낡은 사당의 돌층계에 앉습니다. 잔입이 버썩버썩 마르는군요. 지구에서 단 한 사람 형님께 털어놓고 싶은, 그릴 순 없고 오직 글로 적어야만 하는 이야기와 생각과 느낌이 있습니다. 외딴섬을 도는 솔개미[4]는 형님이기도 하고 저이기도

3) 눈보라
4) 솔개

하니까요.

　　통영에 닿기 전부터 형님을 떠올렸다면 믿으시겠어요? 구마산 선창에서 동일호를 기다릴 때, 갈매기들이 부리로 승객들 무릎을 당기고 날개로 이마를 밀 때, 배웅 나온 여인이 〈애수의 소야곡〉을 응얼응얼할 때, 형님의 시가 와앙와왕 뱃고동처럼 울렸습니다. 좋아하는 사람이 울며 나리는 배에 오르지 않고 물레걸음을 쳐 일부러 마산역까지 올라갔다가 불종 거리를 부리나케 지나 부두로 돌아온 것도 형님의 설렘을 걸음걸음 느끼고 싶어서였습니다.

　　나이는 같아도 오산고보와 문화학원을 저보다 한 해 먼저 다닌 학수 형은 형님을 발견한 사람이 자신이라고 주장하지만, 비밀 하나를 말씀드리자면, 일천구백삼십육 년 〈사슴〉이란 시집이 출간되기 전부터 형님의 소설들을 읽고 있었습니다. '그 모(母)와 아들', '마을의 유화(遺話)', '닭을 채인 이야기'의 몇몇 대목을 덩둘한 제 머리로 외우고 다닐 정도였지요.

　　시집 〈사슴〉을 전부 암송하리란 결심도 했었지요. 재밤에서 어둑새벽까지 한 수 한 수 외는 것이 좋았습니다. 삼팔선 이남에서 나고 자란 벗들은 형님 시에 얼쑹덜쑹한 구석이 많다고 했지만, 제겐 어느 시구도 애매하거나 모호하지 않았습니다. 그 소리 그 냄새 그 모습 그 감촉 그 맛까지. 제가 평안도 말투로 몇 토막을 읊으면, 벗들은 놀라

눈을 회동그래 뜨기도 하고 고개를 까닥까닥 움직이기도 하고 뒤따르며 흉내 내기도 했습니다. 더러 눈 밝은 이들은 일천구백삼십 년대를 대표하는 시인이 지용과 백석이라며, 형님 시편들을 꽤 외우더군요. 식견은 칭찬할 만하지만, 암송 솜씨는 솔직히 엉망이었습니다. 쉴 때 달리고 달릴 때 쉬는 꼴이랄까요. 겉만 빤지르르 훑는 이와 습속대로 살며 속내를 아는 이를 견줄 순 없습니다.

더 우스꽝스러운 이야기를 듣기도 했습니다. 저는 시를 읽다가 마음이 휘우듬히 뻗치면 골라 외우는 정도지만, 김환기 형님은 평론까지 챙겨 읽었지요. 덕분에 〈사슴〉을 향한 터무니없는 비난들을 귀동냥한 적이 있습니다. 잡설을 거두절미하면, 시골 정감과 평안도 사투리가 억지로 꾸민 가식이라고 흉을 보는 겁니다. 형님 가슴에 소월이 있고 안서[5]가 있음을, 자신들이 얼마나 무식한지를 모르고 떠지껄이는 허튼소립니다. 오산고보 교장 선생님, 제이. 엠. 에스.[6]로부터 뿜어 나온 물줄기의 위력이여!

다방이나 주점의 바람벽을 타고 질문들이 너푼너푼 날아들었습니다. 정주를 비롯하여 영변이나 벽동에선 당나귀를 특별히 자주 타는가. 사슴 사냥을 다닌 적은 있는가. 국수를 만들 줄 아는가. 화살길은 제각각이라도 관혁은 하

---

5) 안서(岸曙) 김억
6) 조만식

나였습니다.

　시들을 즐겨 외웠지만, 편지 띄울 마음은 없었습니다. 형님과 저 사이엔 명마가 습보로 내달려도 넘기 힘든 벽이 있지요. 형님의 전 아내의 오빠, 다시 말해 손위 처남인 학수 형을 언급하는 것이 불편하실까요? 처남 매부의 연을 맺기 전부터, 제가 아는 학수 형은 형님의 열렬한 신봉자였습니다. 도쿄에서 시집 〈사슴〉을 접한 것도 학수 형을 통해서이고, 그 후 다양한 지면에 발표하신 시와 산문도 학수 형이 모아 놓았기에 음미할 수 있었습니다. 소설을 좋아한 학수 형은 챙기고 정리하여 기록하길 즐겼지만, 시를 읊고 노래나 부르는 저는 용의주도하질 않았습니다. 앞으로 제 글에서 학수 형은 징검돌로 필요할 때만, 그것도 최소한만 꺼내겠습니다. 뒤설레치진 않겠습니다.

　제가 통영에서 숙소 겸 아틀리에로 쓰는 곳에 와 보신다면, 절교를 선언하실 수도 있습니다. 나전칠기기술원 양성소 학생 하나가 조수 노릇을 부지런히 해 줍니다만, 청소와 빨래와 설거지를 빈틈없이 마쳐도, 한두 시간 만에 엉망이 됩니다. 저는 작업할 때 정리 정돈이 불가능한 인간입니다. 버리고 던지고 엎고 옮기고 흩고 부수니까요. 연필이나 붓을 내리고 주변을 언뜻 둘러보면 산만하고 더럽기 그지없습니다. 빗자루라도 쥘 법하지만, 외면한 채 그림으로 빠져듭니다. 형님은 결벽에 가까운 깔끔한 신사이시지 않습니까. 옷에 붙은 티끌 하나도 그냥 두지 않고 떼어내셨다는 이야기를 여러 사람에게서 들었습니다. 삶이 이럴진대 글 역시 마찬가지겠지요. 형님이라면, 서툰 편지에서 무수한 먼지는 물론이고 녹과 때와 흠집을 찾아내실 겁니다. 어찌 두렵지 않겠습니까.

사슴과 말은 북에 있고 소는 남에 있습니다. 남에서 치는 영각이 들리십니까. 사슴과 말과 소가 북에 있다면, 셋이 회합할 곳은 어딜까요? 당연히 정주입니다. 다섯 산의 정기가 모인 오산고보. 어떤 이야기라도 다 할 것 같은 모교입니다. 사슴과 말과 소가 남으로 왔다면, 어디서 만날까요? 저마다 좋은 곳이 생겼겠지만, 소는 감히 이곳 통영을 꼽겠습니다. 사슴은 소의 청을 받아들이겠는지요? 고향도 아닌데 거듭 찾아간 항구가 흔하겠습니까. 낯선 곳에서 누군가를 반복해서 만난다면, 이성이라면 운우를 나누고 동성이라면 지음이 되었겠지요.

질투는 여자의 전유물이 아닙니다. 예술가라면 모름지

기 남녀 불문하고 질투의 천재가 되어야 합니다. 오산고보 시절부터 질투란 손풍금이 저를 키웠습니다.

고백하건대 우리가 대놓고 질투한 이는 정현웅 선뱁니다. 지연이나 학연은 없지만 같은 업에 종사하는 화공이기에 '선배'라고 불렀습니다. 일천구백삼십팔 년 질투가 극에 달했지요. 〈여성〉이란 잡지 삼월 호에 '나와 나타샤와 흰 당나귀', 사월 호에 '내가 생각하는 것은'이 연이어 실렸던 겁니다. 두 시의 삽화를 그린 이가 바로 정 선뱁니다. 저는 시와 그림을 맞춰 보며 찡그리는 정도였지만, 학수 형은 마구마구 기광을 부렸습니다. 정 선배보다 훨씬 나은 당나귀를 그려 형님께 보여드리겠노라 장담하더군요.

학수 형과 금방 친해지셨다죠? 문화학원에서 함께 공부한 김병기에게 나중에 들으니, 형님은 네 살이나 어린 오산고보 후배 문학수를 친구처럼 대하며 평양의 다방과 주점을 누비셨더군요. 학수 형이 멀쑥한 형님과 처음 만났을 때 어디서부터 말문을 열었을지 훤히 그려집니다. 우부룩한 수염으로 황부루를 타고 마중 나왔던가요? 오산고보 앞 형님 댁 골목의 등하교를 추억했겠지요? 형님 소설이 조선일보 신년현상문예에 당선된 날 기쁜 마음으로 앞마당까지 들어와선 기웃거렸다죠? 불란서 소설가 스탕달의 〈적과 흑〉이나 〈파르마의 수도원〉에 관한 논평을 청했겠고요? 앙드레 지드나 앙드레 말로도 곁들였을 테지요? 외젠 들라크루아의 화집을 넘기며 불잉걸 닮은 열정을 옹호

했겠지요? 〈사슴〉에서 열 편을 암송했을 뿐만 아니라 〈진달래꽃〉에서도 열 편을 너끈하게 외웠고요? 형님도 소월의 시를 함께 읊으면서, 예술이란 나라에서 우린 친구라고 선언하셨을 겁니다. 어떻게 아느냐고요? 이 흐름은 학수 형과 제가 도쿄에서부터 형님과 만날 날을 묘준7)하며 짠 겁니다. 제가 손풍금수라면, 들라크루아 대신 루오의 화집을 넘기고, 형님과 소월의 시를 각각 스무 편은 거뜬히 외웠겠지만. 문지방과 마루와 들창까지 하다분한8) 거미줄부터 걷어냈겠지만.

　오산고보에 입학하여 학수 형을 만났을 때 무척 기뻤습니다. 그림에 살고 그림에 죽자, 의기투합했지요. 휴일이나 방학이면 학수 형네에서 죽치고 놀았습니다. 풍경화를 그린답시고 들과 산으로 싸돌아다녔지요. 처음엔 오빠 오빠 하며 같이 가겠노라 닁큼닁큼 따라나서던 문경옥이었는데, 일 년쯤 지나고 어느 순간부터는 오든 말든 상관하지 않더군요. 이야기를 몇 마디 나누기도 전에 중동무이하고 자기 방으로 가 버렸습니다. 학수 형 말로는 피아노를 새신랑으로 맞아들였다고 합니다. 우리가 희푸르스름한 아침 집을 나섰다가 어둑시근한 저녁 돌아올 때까지, 경옥의 연습은 끝이 나지 않았습니다. 일천구백삼십칠 년 경옥이 무사시노 음악학교 피아노과를 희망했을 때, 합격은 떼

---

7) 조준하다. 겨냥하다.
8) 여럿이 깔려 있거나 드리워 있는 것이 보드랍고 하늘하늘하다.

어 놓은 당상으로 여길 정도였습니다.

　　형님이 시 백 편을 써 오겠노라며, 일천구백사십 년 정월 기차를 타고 압록강을 건넜다는 소식을 접했을 때, 저는 광활한 대지에서 탄생할 미래의 시에 삽화를 그리는 상상을 하며 벅찼습니다. 꽛꽛한 손을 더운물에 넣었다 말린 아즈내9)에는 프랑시쓰 쨈의 '당나귀와 함께 천당에 가기 위한 기도'를 나지막하게 읊기도 했고요. 형님이 압록강을 건너 북방에서 쓴 시를 정현웅 선배에게 헌사하신 것은 당연하다 여겼습니다. 아직 형님 시에 얹은 제 그림을 보신 적이 없으니, 조선일보에서 함께 근무하며 합을 맞춘 정 선배를 그리워하실 수밖에요. 문인과 화가를 짝패동무로 삼는 것이 유행 아닌 유행이기도 했습니다. 이상과 구본웅, 정지용과 길진섭, 이태준과 김용준처럼, 백석하면 정현웅이란 걸 누가 부인하겠습니까. 정 선배는 '삼사문학' 동인으로 시까지 지었으니 형님의 시편들을 더욱 깊이 헤아렸겠지요. 다만 언젠가 기회가 오면 정 선배 자리에 제가 앉고 싶었습니다. 그 꿈을 물론 학수 형도 품었고요.

　　일천구백사십일 년 형님의 갑작스러운 재혼도 놀라웠지만, 신부가 피아노과를 갓 졸업한 문경옥이란 사실이 더 놀라웠습니다. 질투는 지나가는 바람일 때도 있지만 날아드는 돌멩이일 때도 있습니다. 일천구백사십이 년 봄으로

---

9) 초저녁

기억합니다. 학수 형이 정주의 농장에서 겨울을 나고 도쿄로 왔을 때, 〈매신사진순보〉를 곤댓짓하며 들이밀었습니다. '사생첩의 삽화'란 제목의 글에서 학수 형의 당나귀 그림을 극찬하셨지요. 경묘한 웃음의 세계이자 낙관의 세계로 우리를 이끄노라! 정 선배에서 학수 형으로 질투의 대상이 바뀌는 순간이었습니다.

　사생첩에 관한 형님의 글은 들녘에서 급작스레 맞은 우박과도 같았습니다. 겨끔내기로 형님과 예술을 논할 후배 화가는 문학수가 아니라 바로 저 이중섭이라고 믿어 왔기 때문입니다. 그리운 것 사랑하는 것 우러르는 것으로부터 느짓하게 더 멀리, 모든 것을 배반하고 속이며 달아나 오롯이 시에 탄갈심력하시겠다더니, 어떤 연유로 돌아오셨나요? 아무리 답답해도 아무리 지쳐도 아무리 아파도 아무리 외로워도 아무리 슬퍼도 아무리 아무리 아무리 아무리 따위가 답이 될 리 없습니다.

　압록강을 이웃한 만주 안동에서 신접살림을 차린 부부가 겨우 일 년 남짓 후 헤어진 까닭에 대해선 지금까지도 말들이 많습니다. 학수 형이 설명하지 않았고 저도 묻지 않았기에, 이 결별에 덧붙일 말은 없습니다. 다만 형님은 다시 북방의 기운이 가득한 시를 도모했고, 경옥은 피아노 연주는 물론이고 작곡까지 욕심내더군요. 시인은 시 곁으로 음악가는 음악 곁으로!

형님 시에 학수 형 그림이 나란히 지면을 장식하진 않았습니다. 이혼의 여파겠지요. 학수 형의 자랑감 목록에서 형님 이름이 살그머니 지워졌지만, 저는 애써 지적하진 않았습니다. 처남과 매부였던 사내들이 그 후에도 술잔을 기울이거나 편지를 주고받았는지는 모르겠습니다.

예술가들의 애젊은 이별은 깨달음을 남기지요. 지금까지와는 다른 시와 다른 그림과 다른 음악을 만들어야 한다는 것을.

까마귀를 몇 마리 그렸습니다. 청마 선생님은 이 새를 죽음의 상징으로 여기셨지만, 제겐 검으나 희나 똑같은 목숨입니다. 진해의 유택렬이 흑과 백을 동등하게 다루듯이, 오늘은 까마귀 내일은 갈매기.

베토벤에게 끌립니다. 흐르는 대로 따르는 것이 아니라 꽉 채웁니다. 온쉼표에도 쉬는 법이 없습니다.

벗들과 신주쿠까지 일부러 가선 다방 '남만(南蠻)'에 뒤설레며 들어서곤 했습니다. 출반주하여 외쳤지요. 고반토, 로쿠반토, 규반토10). 〈운명〉과 〈전원〉과 〈합창〉. 시와 음악의 관계는 시와 그림의 관계만큼이나 중요합니다. 이론을 파고든 적도 없고 귀명창도 아니지만, 베토벤 교향곡들을 연필이나 목탄이나 물감으로 훔치며 휘친휘친 지샌 밤이 많았습니다.

형님도 시와 음악을 오래 고심하셨지요? 형님 시는, 산뜻하게 시작하는구나 싶은데 유장하고 유장하게 시작하는구나 싶은데 산뜻합니다. 소월과 백석의 운율이 대동소이하다고 주장하는 자는 망발풀이라도 해야 할 겁니다. 저토록 비슷한 풍광을 담으면서 이토록 다르긴 어려우니까요.

옛적부터 마을에 있던 물건이고 음식이고 놀이인데, 시에서는 낯설게 움직이고 멈추고 섞이고 나뉩니다. 현악기와 관악기와 타악기가 따로 또 같이 놀듯이, 사람 이야긴 듯 산천 이야기고 산천 이야긴 듯 먹고 놀고 마시고 씻는 이야깁니다. 등장하는 단어마다 계획이 있고 이어지는 문장마다 반성이 깔려, 휘적휘적 가슴을 저어 댑니다. 구렁텅입니다.

---

10) 5번 6번 9번

지척지척 우체국에 다녀왔습니다. 에메랄드빛 하늘이 고운 창가에서 청마 선생님을 우연히 뵙고 호심다방에서 커피를 한 잔 나눴습니다. 부산서도 도쿄로 편지를 띄우긴 했지만, 통영에 와 더 자주 많이 쓰게 된다고 말씀드렸더니, 편지란 부끄러움을 걸어 두는 말코지라 하시더군요. 동문서답으로 들렸는데, 스케치 열일곱 장을 한 후, 형님께 또 몇 자 적으려고 연필을 쥐는 순간, 우문현답임을 깨닫습니다. 저는 제 아내 이남덕에게 부끄럽고 부끄럽습니다. 사과하고 또 사과해도 지워지지 않을 부끄러움입니다.

    첫 부끄러움은 일천구백사십삼 년 느꼈습니다. 태평양전쟁이 격화되던 때였지요. 조선인 학생들을 붙잡아 동남아 전쟁터로 보내거나 감옥에 가둔다는 풍설이 돌았습니다. 몇몇 학생들이 돌연 끌려가 소식이 끊기기도 했습니다. 여자친구를 두고 원산으로 급히 와 버렸습니다. 곁에 머무르며 맘껏 사랑하다가, 전장으로 끌려가거나 감옥에 갇히는 상상을 안 한 건 아닙니다만, 야반도주하듯 도쿄를 떠난 것이죠. 저는 제 사랑을 지키지 못했습니다.

    두 번째 부끄러움은 일천구백오십삼 년 칠월 도쿄로 몰래 가서 재회했을 때입니다. 아내는 더 야위고 더욱더 창백했지요. 만지면 바스러질 것 같은 얼굴로 뱅글거렸습니다. 기침이 끊이질 않아 검사를 받았더니 폐결핵 진단이 나왔다더군요. 제 후배 마영일의 사기행각에 휘말려 많은 빚까지 졌습니다. 부끄러웠습니다. 아내의 병을 고칠 돈도 빚을 갚을 돈도 제겐 없었습니다. 말 그대로 빈탕. 아내와 두 아들 곁에서 불법 체류자로 머물 용기는 없었느냐고 누군가 묻더군요. 만용입니다. 짐바리일 뿐이니까요.

부끄럽고 부끄러워 그리고 그립니다. 이 그림들 모아 서울에서 개인전을 열고, 작품을 팔아 돈을 마련하며, 공식 초청을 받아 일본으로 가서 아내와 두 아들을 만나고 싶습니다. 칠성판을 등에 멘 각오로 하루하루 집중합니다. 희망을 품는다고 아침저녁 밀어닥치는 부끄러움이 사라지거나 엷어지진 않기에, 자꾸자꾸 편지를 씁니다. 사랑한다 고백합니다. 부끄럽다 용서를 구합니다.

형님께 편지를 쓰고 또 쓰는 것도 부끄러움 때문이란 걸, 청마 선생님과 커피를 마신 오늘 깨달았습니다. 형님은 가족과 조만식 선생님 곁에 남으셨습니다. 원산의 어머니와 생이별하고 도쿄의 아내와 두 아들을 챙기지 못한 저와는 전혀 다른 분입니다. 이러쿵저러쿵 시룽거리는 불평객 중에서 형님만큼 든든한 가장이자 충직한 비서로 한결같은 이가 있겠습니까.

피랑. 통영에서 배운 말 중 제일 신납니다. 퓌퓌 휘파람 부는 기분입니다. 화구상자와 이젤을 들고 올라갈 땐 숨이 차고 땀범벅이지만, 강구안을 내려다보면 힘이 납니다. 출항하는 여객선은 원산을 거쳐 함흥을 지나 북청까지 갈 듯하고, 입항하는 여객선은 북청을 출발하여 함흥을 들렀다가 원산 소식까지 품고 온 듯하지요. 남망산과 섬들이 가로막더라도, 뱃길은 바다 건너 바다 또 그 바다 건너 바다로 끈덕지게 이어집니다. 연이 훨훨 활개 칠 만큼 바닷바람이 맵지만, 손발이 꽁꽁 얼지만, 승객이 내리고 타는 부두부터 그린 후, 막 떠났거나 곧 닿기 직전의 바다를 남망산 오르는 길과 함께 따로 담습니다. 기대와 걱정, 만남과 이별, 어제와 내일, 웃음과 울음이 공존하는 강구안 풍경을 열두 폭 병풍처럼 펼치고도 싶습니다.

　　형님은 지금 어느 피랑에 계시는지요? 사변 전 소문처럼 평양에 여전히 머무신다면, 여수 지나 목포 돌아 해주 넘어 평원에 닿을 여객선을 그려 보겠습니다. 그 뱃길로 통영까지 단숨에 내려오실 날이 있으려나요.

일천구백삼십사 년 십이월 이십사일, 불세출 천재 시인 소월 김정식 선배님의 부고를 어디서 접하셨습니까? 저는 오산고보 도서실에서였고 때마침 〈진달래꽃〉을 읽고 있었습니다. 믿기 힘든 비보였지요. 요양을 다니신단 소식을 듣긴 했지만, 서른세 살에 세상을 버리실 줄은 꿈에도 몰랐습니다. 곽산에서 신작시를 쓰고 계신다니 몇몇 급우들과 눈석이때11) 찾아뵐 궁리를 하던 참이었습니다. 잣눈은 끝도 없이 쌓이고 봇나무12)는 회창회창 우는데, 단 한 권의 시집만 남긴 시인의 화락한13) 혼은 어디를 헤맬까요. 임용련 선생님도 백남순 선생님도 호들호들 떨며 슬퍼하셨습니다. 형님 역시 끝없이 밀려드는 절망의 물커니14)에 휩싸이셨겠지요.

　　그때 저는 그림 맛을 느끼기 시작한 고보생에 불과했지만, 형님은 도쿄 청산학원 영어사범과를 졸업하고 귀국하여 조선일보사에 근무하며 시작(詩作)에 몰두하셨지요.

---

11) 눈석임이 시작되는 때 또는 눈석임물이 흐르는 때
12) 자작나무
13) 옷 따위가 물이 뚝뚝 떨어질 만큼 젖다.
14) 떼

일천구백삼십오 년 팔월 삼십일 첫 시 '정주성'을 드디어 발표하셨습니다. 칠월에 '마을의 유화' 팔월에 '닭을 채인 이야기'를 조선일보에서 흥미롭게 따라 읽었던 터라, 이 시도 놓치지 않았습니다.

정주성

산山턱 원두막은 뷔였나 불빛이 외롭다
헝겊심지에 아즈까리 기름의 쪼는 소리가 들리는 듯하다

잠자리 조을든 문허진 성城터
반딧불이 난다 파란 혼魂들 같다
어데서 말 있는 듯이 크다란 산山새 한 마리 어두운 골짜기로 난다

헐리다 남은 성문城門이
한울빛같이 훤하다
날이 밝으면 또 메기수염의 늙은이가 청배를 팔러 올 것이다.

의견이 분분했습니다. 오산고보가 자리 잡은 정주의 옛 성을 제목으로 삼았기에, 기뻐하는 목소리가 먼저 교정과 마을을 덮었지요. 뒤이어 '소설가 백석'이 아닌 '시인 백

석'의 등장을 걱정하는 의견들이 흘러나왔습니다. 시를 짓던 이가 소설을 쓰고 소설을 만들던 이가 시를 품는 것이 지금 돌이켜 보면 쟁론거리인가 싶습니다만, 재주 좋은 예술가는 시와 소설뿐만이 아니라 그림과 음악까지 동시에 해내기도 합니다만, 그때 저희는 학교라는 처마 밑 애목에 불과했습니다. 형님이 쓴 세 편의 빼어난 소설을 읽었기에, 고불탕고불탕하더라도 중단 없이 가시리라 속어림했던 겁니다.

형님의 첫 시를 접하자마자, 소월 선배님의 시 '물마름'이 떠올랐습니다.

그 누가 기억하랴 다북동茶北洞에서
피 물든 옷을 입고 외치던 일을
정주성 하룻밤의 지는 달빛에
애끊친 그 가슴이 숫기 된 줄을.

정주성이 어떤 성입니까. 홍경래 장군이 관군과 맞서 최후의 혈전을 벌인 곳 아닙니까. 당대의 호걸도 처뚱처뚱15) 잊히기 마련이지만, 시인은 낡은 자박지16)를 모아 불줄기를 뿜습니다. 형님은 무너진 정주성 터를 날아다니는 반딧불을 '파란 혼(魂)'에 비기셨지요. 그 혼은 당연히 홍

---

15) 조금씩 자꾸 사라지거나 없어지는 모양
16) 조각

장군을 따르던 봉기꾼들의 혼입니다. 형님이 '물마름'의 절통함까지 품으셨다는 사실이 살눈썹17) 떨리게 놀라웠습니다. 소설 사이사이 기분이라도 돌릴 겸 지은 시가 아니라, 오랫동안 연마한 물증이 또렷했지요. 코숭이만 살짝 본 셈이겠지만, 시인 백석의 길이 참으로 짙고 단단했습니다.

평안도 사투리로 음식이며 놀이를 담아 발표한 형님의 시를 못 받아들이는 자들이 그때도 많았고 지금도 여전합니다. 그들에게 저는 형님이 정주성에서부터 시작하셨음을 강조합니다. 저 역시 오산고보에서 임용련 선생님을 뵙고 구라파의 그림들을 배우고 익히며 도쿄로 건너가 문화학원까지 졸업했지만, 막담배를 연이어 피면서 이렇듯 충렬사를 그리려 애쓰지 않습니까.

외눈퉁이로 살지 말라! 함석헌 선생님 호통이 들려오는 듯합니다. 예수님을 보내신 이는, 보통 말로 하면 역사이고 종교적인 말로 하면 하나님이라고 하셨지요. 종교는 여전히 제게 어려운 주제지만, 역사를 가까이 두고 종종 들여다본 것은 그때의 가르침에 힘입습니다.

소월과 백석, 두 분 선배님은 우멍구멍한18) 정주성을 되살리셨습니다. 촌스럽다고 하든 낡았다고 하든 괘념

---

17) 속눈썹
18) 바닥이 반반하지 못하고 우묵하게 팬 데가 있다.

치 않으셨지요. 조선이 들어서고 오백 년, 서울에 터를 닦은 이들이 평안도와 함경도 거기에 황해도까지 넣어 북삼도를 무시하고 차별한 적이 한두 번이 아니니까요. 동양과 서양을 가르고 중앙과 변방을 나누고 도시와 농촌을 구별하고 시와 소설을 따로 두고 거기에 그림은 더 멀리 취급하고 모더니티와 전통을 원수처럼 맞서게 하고 역사와 서정을 반목시키는 건 저들의 비열하고 흔한 수작입니다. 상거를 넓혀 권세를 지키려는 작간이니까요. 우리는 우리의 봉우리를 넘을 뿐입니다. 소월은 소월의 시를, 백석은 백석의 시를, 중섭은 중섭의 그림을.

저를 송그리게 하는 단어가 있습니다. '생각'입니다. 형님은 시를 쓰기 전에도 생각하시고 쓰는 도중에도 생각하시고 쓴 후에도 생각하십니다. 저는 그리기 전엔 생각이 많지만, 그리기 시작하면 생각이 멈춥니다. 시 속에서 '나는 생각한다'라는 문장을 만나면 다음으로 나아가질 못하지요. 이번에는 무엇을 생각하시는 걸까. 왜 하필 이 지점에서 '나는 생각한다'고 드러나게 적으셨을까. 어떤 단어와 문장을 쥐고 계실까. 형님의 시들을 만난 후부터, 저도 그림을 그리며 생각이란 걸 하려고 노력합니다. 처음부터 끝까지 쉼 없이 하진 않지만, 연필이나 붓을 잠시 내려놓을 때,

예전에는 하늘이든 땅이든 아니면 그림이든 멍하니 보았지만, 이제는 무엇인가를 샛말갛게 생각하려 듭니다. 같은 대상을 다시 파고들 땐 생각이란 두 글자부터 쥡니다. 방금 끝낸 스케치와 지금 시작할 스케치는 무엇이 같고 다를까. 그 다름은 어디서부터 비롯될까. 생각이란 결말이 아니라 시작이며 확언이 아니라 질문이더군요.

보고 듣고 맡고 먹고 만질 시간과 공간이 특정됩니다. 더 가까이 다가서려는 욕망도 커지죠. 번주[19])를 대지 않고 내달리는 야생마처럼, 생각은 언제 어디로나 가능합니다. 행을 바꿔 백 년이든 천 년이든 건너뛰는 건 쉽습니다. 형님은 산천이나 골동이나 나무를 통해, 까마득히 먼 때를 즐기십니다. 서울에서 정주를 생각할 수도 있고 정주에서 서울을 생각할 수도 있습니다. 함흥에서 통영을 생각할 수도 있고 통영에서 함흥을 생각할 수도 있습니다. 지형지물과 사람들이 사라졌대도, 생각은 늘 가 닿습니다. 형님이 발견한 '생각'이란 도구는 만물을 영원으로 이끄는 유보도[20])인 셈입니다.

'나는 생각한다'는 것은 지금까지와는 다르게 생각한다는 뜻이며, 지금까지보다 더 많이 생각한다는 뜻입니다. 태어나서 죽을 때까지 바뀐 모습들, 만나고 헤어진 사람

19) 편자
20) 산책길

들, 한 일과 못 한 일과 하지 않은 일들이 어슷하게 쌓여 갑니다. 사람이든 동물이든 식물이든 음식이든 놀이든, 열거하며 설명하거나 묘사하실 때가 있습니다. 생각한다고 쓰진 않으셨지만, 생각하고 계시구나 느낍니다. 다른 사람들보다 훨씬 검질기시지요. 생각을 이렇게까지 밀어붙인 끝에 마음의 불집을 찾고 돌곰긴 종기를 짜는 것이 형님의 시입니다. 통영의 온갖 것이 바다로 귀결되듯, 피란길에 만난 소나무도 참나무도 대나무도 버드나무도 옻나무도 감나무도 밤나무도 모두 자작나무이듯.

둘. 돌충계처럼

오늘도 나오싰네예.
……말투래 이캐도, 이상타 여기디 마시라요. 일천구백오십 년 십이월 원산서 부산으로 왔디요.
중섭 선생님이시지예?
어, 어캐 아십네까?
성림다방 개인전에 초정 선생님 뫼시고 갔었어예. 양성소 유강렬 선생님도 여러 번 자랑하셨고예. 안즉 날이 차븐데, 애쓰십니더.
모터럼 누리는 낙이디요. 충렬사엔 자주 오가십네까?
요 앞 명절골서 나고 자랐어예. 친척들 디다보고 나믄 요리 지나믄서 돌충계에도 앉고 장군님 사당도 우러르고 그캅니더. 전번에 나오싰을 때도 인사드릴까 하다가 그림에 하도 열중이시라 고마 지나갔어에. 하루 이틀 계시다가 들가실 줄 알았는데, 꽃을 시샘하는 추위에 또 나오싰네예.

어리석구 더디구 서툰 인간이라요.

토영에 좋은 곳도 엉캉 많은데, 와 하필 충렬삽니꺼? 사당 안도 아이고 돌층계 밑에서 그리시는 이유가 따로 있어예?

내 사람을 생각한다.

머라꼬예?

녯 장수 모신 낡은 사당의 돌층계에 주저앉어서 시를 쓴 선배래 잇엇디요. '통영'이라 제목 붙인 시두 세 편이나 되구.

토영 분이시라예?

피안도 정주 사람이디요. 통영을 거듭 다녀간 듯합네다.

펭안도서 이 먼 데꺼정, 와예?

사모하는 여인이래 잇엇더랫디요.

내 사람을 생각한다…… 그 사람입니꺼?

들어보시렵네까?

통영統營

구마산舊馬山의 선창에선 좋아하는 사람이 울며 나리는 배에 올라서 오는 물길이 반날
갓 나는 고당은 갓갓기도 하다

바람맛도 짭짤한 물맛도 짭짤한

전북에 해삼에 도미 가재미의 생선이 좋고
파래에 아개미에 호루기의 젓갈이 좋고

새벽녘의 거리엔 쾅쾅 북이 울고
밤새껏 바다에선 뿡뿡 배가 울고

자다가도 일어나 바다로 가고 싶은 곳이다

집집이 아이만한 피도 안 간 대구를 말리는 곳
황화장사 령감이 일본말을 잘도 하는 곳
처녀들은 모두 어장주漁場主한테 시집을 가고 싶어한다는 곳
산山 너머로 가는 길 돌각담에 갸웃하는 처녀는 금錦이라든 이 같고
내가 들은 마산馬山 객주客主집의 어린 딸은 난蘭이라는 이 같고

난蘭이라는 이는 명정明井골에 산다든데
명정明井골은 산山을 넘어 동백冬柏나무 푸르른 감로甘露 같은 물이 솟는 명정明井샘이 있는 마을인데
샘터엔 오구작작 물을 깃는 처녀며 새악시들 가운데 내가 좋아하는 그이가 있을 것만 같고

내가 좋아하는 그이는 푸른 가지 붉게붉게 동백
冬柏꽃 피는 철엔 타관 시집을 갈 것만 같은데
　　긴 토시 끼고 큰머리 얹고 오불고불 넘엣거리로
가는 여인女人은 평안도平安道서 오신 듯한데 동백冬柏
꽃 피는 철이 그 언제요

　　녯 장수 모신 낡은 사당의 돌층계에 주저앉어서
나는 이 저녁 울 듯 울 듯 한산도閑山島 바다에 뱃사공
이 되여가며
　　녕 낮은 집 담 낮은 집 마당만 높은 집에서 열나
흘 달을 업고 손방아만 찧는 내 사람을 생각한다

　명정샘이 있는 마을이라 썼으니, 저 돌층계가 얼쭈 맞겠네예.
　혹시 시에 등장하는 여인을 아십네까?
　지한테 우째 물으십니꺼?
　초정 시인과 교유하신다니 드리는 말씀이요. 시집 제목은 〈사슴〉이구 시인이래…….
　시 안에서만 돌아댕기는 여인 아입니꺼?
　누구과 살구 가슴 병 얻은 것두 짚엇으니, 헛된 상상만은 아니디요.
　어데 나오는데예? 누구랑 살고 병 걸린 건?
　친한 시인에게 띄운 편지래 잇디요.

　　남쪽 바닷가 어떤 낡은 항구의 처녀 하나를 나는

좋아하였습니다. 머리가 까맣고 눈이 크고 코가 높고 목이 패고 키가 호리낭창하였습니다. 그가 열 살이 못 되어 젊디젊은 그 아버지는 가슴을 앓아 죽고 그는 아름다운 젊은 홀어머니와 둘이 동지섣달에도 눈이 오지 않는 따뜻한 이 낡은 항구의 크나큰 기와집에서 그늘진 풀같이 살아왔습니다. 어느 해 유월이 저물게 실비 오는 무더운 밤에 처음으로 그를 안 나는 여러 아름다운 것에 그를 견주어보았습니다.—당신께서 좋아하시는 산새에도 해오라비에도 또 진달래에도 그리고 산호에도…… 그러나 나는 어리석어서 아름다움이 닮은 것을 골라낼 수 없었습니다.

    총명한 내 친구 하나가 그를 비겨서 수선이라고 하였습니다. 그제는 나도 기뻐서 그를 비겨 수선이라고 하였습니다. 그러한 나의 수선이 시들어갑니다. 그는 스물을 넘지 못하고 또 가슴의 병을 얻었습니다.

넘에 편질 외우는 건 처음 봅니더.
신문에 실렷시요.
……토영이란 제목 단 나머지 두 편도 엇비슷해예?
엇비슷?
내 사람을 생각한다…… 방식이냐고예?
면바로 들이대진 않습네다만, 서울서 기차 타구 마산서 배 갈아 타구 통영까지 왓다는 건 속정이래 깊은 거디요.
짝사랑 아입니꺼?

홀어미와 사는 물새 같은 외딸의 혼삿말이 잇엇다고 적힌 시두 잇구…….
혼삿말? 진짜라예? 토영, 두 시 중 하납니꺼?
제목이 다르디요.

남향

푸른 바닷가의 하이얀 하이얀 길이다

아이들은 늘늘히 청대나무말을 몰고
대모풍잠한 늙은이 또요 한 마리를 드리우고 갓다.

이 길이다
얼마가서 감로甘露 같은 물이 솟는 마을 하이얀 회담벽에 옛적본의 장반시계를 걸어놓은 집 홀어미와 사는 물새 같은 외딸의 혼삿말이 아즈랑이같이 낀 곳은

란이 일천구백삼십칠 년 사월에 결혼햇으니, 선배래 충격이 컷겟디요. 일천구백삼십팔 년 란에 관한 시를, 혼삿말 나온 시까지 합쳐 세 수나 발표합네다.
두 수 더 있다고예?
들어보시갓시오?

내가 생각하는 것은

　　밖은 봄철날 따디기의 누굿하니 푹석한 밤이다
　　거리에는 사람두 많이 나서 홍성홍성할 것이다
　　어쩐지 이 사람들과 친하니 싸단니고 싶은 밤이다

　　그렇것만 나는 하이얀 자리 우에서 마른 팔뚝의
　　새파란 핏대를 바라보며 나는 가난한 아버지를
　　가진 것과 내가 오래 그려오든 처녀가 시집을 간 것과
　　그렇게도 살틀하든 동무가 나를 버린 일을 생각한다

　　또 내가 아는 그 몸이 성하고 돈도 있는 사람들이
　　즐거이 술을 먹으려 단닐 것과
　　내 손에는 신간서新刊書 하나도 없는 것과
　　그리고 그 〈아서라 세상사世上事〉라도 들을
　　류성기도 없는 것을 생각한다

　　그리고 이러한 생각이 내 눈가를 내 가슴가를
　　뜨겁게 하는 것도 생각한다

　평소에두 생각하구 또 생각하는 사람인데, 제목까지 포함해서 시 한 편에 생각을 네 번이나 하구 잇으끼니, 가련하달까 원망스럽달까…… 둘째 연이 핵심이디요. 나는 가난한 아버지를 가진 것. 집안이 빈궁하다며 혼담을 거절 당한 거이 아닌가 합네다. 내가 오래 그려오든 처녀가 시집 을 간 것. 당연히 란의 혼인이디요. 그렇게도 살틀하든 동 무가 나를 버린 일. 내래 오래 그려 오던 처녀과 나를 살틀 하게 대하던 동무래 혼인하엿으니, 내상이 깊엇을 거야요.

마저 읊어 주이소.

정다운 것들, 뭐뭐 아끼나 물어봐두 됩네까?

정다운 건 와예?

야우소회

캄캄한 비 속에
새빨간 달이 뜨고
하이얀 꽃이 퓌고
먼바루 개가 짖는 밤은
어데서 물의 내음새 나는 밤이다

캄캄한 비 속에
새빨간 달이 뜨고
하이얀 꽃이 퓌고
먼바루 개가 짖고
어데서 물의 내음새 나는 밤은

나의 정다운 것들 가지 명태 노루 뫼추리 질동이

노랑나븨 바구지꽃 모밀국수 남치마 자개짚세기 그리고 천희千熙라는 이름이 한없이 그리워지는 밤이로구나

선배래 이번에두 참 많이 나열합네다만, 제일 정다운 거이 마지막에 두는 법이겟디요? 그리고 천희라는 이름이 한없이 그리워지는 밤이로구나. 통영에 천희라는 이름이래 많다구 들었습네다.

천희? 처녀를 처이라고는 합니다. 선배란 분은, 가샀어예?

어델?

토영이란 제목으로 세 수 시집간 여자를 언급하는 세 수, 도합 여섯 수를 지은 선밴 결혼하싰냐 그 말입니더.

하셧디요. 란을 잊은 건 아니디만.

못 잊었다는 건 또 우째 확신하시는데예?

시에 나오디요.

또 있어예?

흰 바람벽이 있어

오늘 저녁 이 좁다란 방의 흰 바람벽에
어쩐지 쓸쓸한 것만이 오고 간다
이 흰 바람벽에
희미한 십오촉十五燭 전등이 지치운 불빛을 내어

던지고
　　때글은 다 낡은 무명샤쯔가 어두운 그림자를 쉬이고
　　그리고 또 달디단 따끈한 감주나 한잔 먹고 싶다고 생각하는 내 가지가지 외로운 생각이 헤매인다
　　그런데 이것은 또 어인 일인가
　　이 흰 바람벽에
　　내 가난한 늙은 어머니가 있다
　　내 가난한 늙은 어머니가
　　이렇게 시퍼러둥둥하니 추운 날인데 차디찬 물에 손은 담그고 무이며 배추를 씻고 있다
　　또 내 사랑하는 사람이 있다
　　내 사랑하는 어여쁜 사람이
　　어늬 먼 앞대 조용한 개포가의 나즈막한 집에서
　　그의 지아비와 마조 앉어 대구국을 끓여놓고 저녁을 먹는다
　　벌써 어린것도 생겨서 옆에 끼고 저녁을 먹는다
　　그런데 또 이즈막하야 어늬 사이엔가
　　이 흰 바람벽엔
　　내 쓸쓸한 얼골을 쳐다보며
　　이러한 글자들이 지나간다
　　―나는 이 세상에서 가난하고 외롭고 높고 쓸쓸하니 살어가도록 태어났다
　　그리고 이 세상을 살어가는데
　　내 가슴은 너무도 많이 뜨거운 것으로 호젓한 것

으로 사랑으로 슬픔으로 가득 찬다
　　그리고 이번에는 나를 위로하는 듯이 나를 울력하는 듯이
　　눈질을 하며 주먹질을 하며 이런 글자들이 지나간다
　　—하눌이 이 세상을 내일 적에 그가 가장 귀해하고 사랑하는 것들은 모두
　　가난하고 외롭고 높고 슬쓸하니 그리고 언제나 넘치는 사랑과 슬픔 속에 살도록 만드신 것이다
　　초생달과 바구지꽃과 짝새와 당나귀가 그러하듯이
　　그리고 또 '프랑시쓰 쨈'과 도연명陶淵明과 '라이넬 마리아 릴케'가 그러하듯이

　　요런 말씀 드리도 될란가 모르겄지만…… 찌질하네예, 끝꺼정.
　　순정이디요.
　　일방적인 미련이지예. 시를 너무 믿지 마이소.
　　그림은 얼마나 믿으십네까?

셋. 란을 찾아서

　　제가 편지로 남녘 사정을 이야기하듯, 형님이 그림으로 북녘 형편을 펼칠 날이 있을까요? 혹자는 저를 과묵하다 평합니다만, 사변 전까진 초면에도 마음만 맞는다면 밤새 덕신덕신 떠들며 지냈습니다. 아직은 말 한마디도 조심스럽습니다. 타오르며 멍든 문장들이 웅얼웅얼 아틀리에를 흘러 다닙니다. 벌레 소리를 내며 피랑을 넘고 골목을 지나 판데목[21]에 닿습니다.

---

[21] 통영읍과 미륵도 사이 좁은 수로

술과 커피 어느 정도 멀리 두겠지만 담밴 정말 끊기 어렵습니다. 머릿속을 늘 맴도는 것으론 소도 있습니다. 형님은 이시카와 다쿠보쿠의 시와 아쿠타가와 류노스케의 소설을 애독하셨다더군요. 담배와 소가 얽힌 단편도 혹시 읽으셨습니까.

선교사로 변신한 악마가 일본에 담배를 가져왔단 설정에서 시작합니다. 악마가 뿌린 씨앗이 자라 연보라 꽃이 피지요. 악마는 소장수에게 꽃 이름을 맞히면 식물을 주겠다 하고, 알아내지 못하면 몸과 영혼을 갖겠다 합니다. 소장수는 사흘 내내 고심하지만 처음 보는 꽃 이름을 알 길이 없습니다. 누렁소를 밭에 풀자마자 악마가 고함을 질렀다죠. 이 빌어먹을 놈, 왜 내 담배밭을 망치느냐! 내기에선 소장수가 이겼지만 진정한 승자는 악마일지 모른다는 뒷설명에 저도 동의합니다. 소장수로 인해 일본 전역에 담배가 퍼지니까요. 소와 담배가 이렇듯 얽혀 있으니, 제가 두 벗을 가까이하는 이유가 아주 없진 않습니다.

통영엔 세계 각처 상품들이 왁자하게 모입니다. 엄연히 국법이 있는데도 가볍게 넘나들지요. 저도 진기한 선물을 몇 차례 받고 두 눈을 휘둥글렸답니다. 시집도 예외가 아닙니다. 중시 영시 불시 독시 노시 일시 서반아시에 이태리시나 포르투시까지, 값만 후하게 낸다면 행리가방이 가득 찹니다. 부산보다도 오히려 희귀본이 많습니다.

 〈사슴〉은 없습니다. 밀수꾼에게 술상까지 차려 줘도 제잡담이라네요. 억만금을 내도 두수없다며, 지금 그 시집을 갖는 것은 폭탄을 안는 짓이랍니다. 필사본이라도 빌려 달라 간청하는 나를, 통영 시인들조차 머룩머룩 고개 젓습니다. 오불관언!

 사변을 일으킨 자들의 망상과 비슷한 구석이 〈사슴〉에 단 한 글자라도 있습니까. 옛 정취 가득하고 순정한 시집을 폭탄 취급이라니.

전통과 모더니티는 선후 문제가 아닙니다. 전통은 옛 것으로 낡았고 모더니티는 지금 것으로 새롭다는 착각은 금물이지요. 일천구백삼십 년대엔 화가나 시인이나 소설가나 작곡가가 모이기만 하면, 구라파에서 유행하는 사조를 논하느라 바빴습니다. 작품을 직접 본 이는 드물고 대부분 몇몇 교실에서 도록으로 접하거나, 파리에 다녀온 일본인 선생들의 전언에 기댔습니다. 그 쑤알거림이 전부 허상이라거나 무가치하단 뜻은 아닙니다.

　　솔직히 말씀드리자면, 비슷한 것이 더 위험하지 않습니까. 선무당이 사람 잡는 꼴이랄까요. 저도 그와 같은 선무당 시절을 도쿄에서 보냈습니다. 야수파라는 두던[22]을 지나 입체파라는 산코숭이를 넘어 초현실주의와 어깨 결고 추상의 늪으로 들어갔으니까요. 충격과 쾌락과 깨달음을 준 것은 사실이지만, 최신 흐름의 근원과 병폐까지 따지진 못했습니다. 취한 자의 가벼움이자 방만함이죠. 소도 말도 사람도 삼각형도 사각형도 붕붕 떠다녔습니다. 그만큼 자유롭지만 그만큼 허약하게.

　　형님의 모더니티는 김기림의 숙고한 이미지와도 다르

---

22) 언덕

고 이상의 괴이한 설계도와도 달랐습니다. 모더니티로 받아들이지 않는 이들이 대부분일 만큼, 변방의 오래된 단어와 풍경과 맛과 삶을 전면에 내세우셨지요.

갈걍갈걍한 환기 형님이 심취한 항아리의 모더니티, 어찌 생각하시는지요? 혹자는 추상으로 나아가는 이가 항아리에 집착하는 것은 엉뚱하고 조잡하다고 혹평합니다. 저는 환기 형님의 항아리 그림을 볼 때마다, 평안도를 담은 형님의 시를 떠올립니다. 둘은 다른 듯 닮았습니다.

타관을 떠돌았기에 고향의 안팎을 덧대고 파내는 겁니다. 구라파의 글과 그림과 음악을 배우고 익힐수록, 그들이 창안한 것과는 다른 모더니티를 표현하고 싶더군요. 형님은 그 모더니티를 북방의 역사와 사람들에게서 찾으셨습니다. 저 역시 골동을 옆차개[23]에 넣고 다니며 틈만 나면 꺼내 봅니다. 통영에 와선 양화가(洋畫家)가 열두 공방의 흥망성쇠를 어찌 아느냐며 놀라워 하는 눈망울들과 마주쳤습니다. 단댓바람에 그 내력을 찰찰하게 벌려놓고 싶지만, 정주의 드물다는 굳고 정한 갈매나무를 떠올리며 참았습니다.

---

23) 호주머니

미륵도 데멧집에서 십삼 년을 보낸 사내를 우연인 듯 필연인 듯 만났습니다. 마을 이름인 데메는 무슨 뜻일까요? 뒤집어 놓은 되처럼 낮고 펑퍼짐한 뫼에서 따왔다는 설명이 그럴듯합니다. '되뫼'에서 '데메'로! 청마 선생님과도 친분이 있고 초정 시인과는 형 아우 하며 지내더군요. 교장 사택은 거들떠보지도 않은 채 지금에 이르렀다고 합니다.

　정주나 함흥에선 한겨울에 공을 차는 법이 없습니다. 사흘이 멀다 않고 내린 길눈이 운동장을 덮기 때문입니다. 눈이 귀한 통영에선 강아지처럼 눈밭을 뛰놀며 공을 찬 것이 자랑거립니다. 축구공을 뺐고 뺐으며 갈갬질하는 사내 아이들을 매일 봅니다. 솔직히 저는 축구를 좋아하질 않습니다. 운동장 옆 벤치에 앉아 구경한 적은 있지만, 오구작작 숨 가쁘게 뛰고 붙잡고 밀치고 구르는 건 싫습니다. 쥐깨[24] 가득한 얼굴과 겨루는 동작들을 재빨리 그리긴 했습니다.

　나전칠기기술원 양성소 학생들 역시 축구를 좋아했습니다. 운동장이 없긴 했지만, 통영중학교까지 가서 공을

---

24) 주근깨

찼다는 소식을 듣곤 의아했습니다. 해저터널을 지나서도 한참을 더 올라가야 하거든요. 욕지도 원량국민학교를 졸업하고 뭍으로 나와 통영중학교와 양성소로 진학한 두 학생이 있었다는군요. 무척 친했고, 국민학교 내내 아침저녁으로 공을 뻥뻥 차던 사이였다고 합니다. 가장귀25)를 달리한 후 일 년 만에 통영극장 앞에서 만나, 욕지도로 떠나는 여객선을 바라보며 나란히 서선 수다를 떨었습니다. 오랜만에 공이나 차자고, 동시에 제안한 후 배꼽 웃음을 터뜨렸고요. 저물 무렵 모이고 보니 양성소 학생 일곱에 통영중 학생 일곱이었습니다. 전후반 삼십 분씩 한 시간만 시합하고, 진 편이 이긴 편에게 저녁을 사기로 정했습니다.

통영중학교 축구 실력이 얼마나 뛰어난지 모르시지요? 학교 대표 선수는 물론이고 평범한 학생들도 공부 잘하는 것보다 공 잘 차는 것을 뽐낼 정도입니다. 전반전이 시작되자마자 양성소 학생들이 일방적으로 몰렸습니다. 한 골 먹고 두 골 먹고 세 골을 먹은 뒤에도 전반전이 십오 분이나 남았을 때, 사달이 났습니다. 어깨박죽26)을 떠밀며 수비하던 양성소 학생의 태클을 피하지 못한 통영중 학생이 발회목을 붙잡고 나뒹군 겁니다. 하필이면 공을 차고 맨 처음 뜻을 합친 원량국민학교 동창끼리 벌어진 일입니다. 땀범벅인 학생들이 멱다시27)를 흔들며 엉켰습니다.

25) 나뭇가지의 갈라진 부분. 또는 그렇게 생긴 나뭇가지
26) 어깨판
27) 멱살

형님 시엔 가난한 이들이 자주 등장합니다. 눈확을 씻고 봐도 부자들을 구경하기 어렵지요. 가난한 이웃과 가난한 친척과 가난한 동무와 가난한 아이들이 옥실옥실하게 모인 옆에 배짝 마른 당나귀가 응앙응앙 울며 서 있는 꼴입니다. 파란곡절을 빨부리처럼 흔들어대는 이들의 가난한 밥투정이 애처롭고, 가난한 살림살이에도 서로 위하는 꽃모습이 곱습니다. 형님 시에서 문문28) 나는 가난의 냇내가, 원산에서 첫 백화점을 운영하는 친형을 둔 제겐 저만치 피어오르는 김 같았습니다.

　　부산으로 내려와 끼니를 걱정하고 물감과 종이를 살 돈이 없어 붓을 들지 못하는 배랑뱅이 신세가 된 후에야, 비로소 형님 시에 등장하는, 짬새29)로 몰아치는 황소바람 같은 가난이 제 것이 되었습니다. 가난한 아버지를 가졌다고 털어놓는 형님, 가난한 어머니를 바람벽에 그리는 형님을 맨살로 부빈 겁니다. 가난의 위력은 참으로 감때사납고 어마어마하더군요. 헐벗고 주릴 뿐 아니라 예술도 혼인도 못 합니다.

---

28) 냄새나 김 따위가 많이 느리게 피어오르는 모양
29) 짬이 나 있는 사이

통영중학교 교장과 교무 그리고 나전칠기기술원 양성소 부소장과 책임강사가 호심다방에서 만나 사태를 수습하기로 했습니다. 부산에서 통영으로 옮겨 아직 수업을 시작하지도 않은 제가 낄 자린 아니었습니다. 책임 강사 유강렬이 햇비30) 그친 늦은 오후에 할래발딱 아틀리에로 찾아왔습니다. 부소장 김봉룡이 급한 회의가 잡혀 도청으로 갔으니, 대신 다방으로 가자더군요. 태클을 건 학생이 제 조수인 남대일이 아니었다면 핑계를 대고 거절했을 겁니다. 양성소에서 쫓겨날까 봐 잔뜩 겁먹은 떼꾼한 얼굴을 이슬아침에 봤기에 외면할 수 없었습니다. 얼김에 따라나섰지요.

　　둥근 테이블을 가운데 두고 섰습니다. 유강렬이 저를 소개하자, 교장이 환하게 웃으며 악수를 청했습니다. 손을 맞잡은 채, 거쉰 목소리로 날아든 이름 석 자가 귀에 박혔습니다. 신, 현, 중!

30) 여우비

시인과 화가의 손장심31)은 어떻게 같고 다를까요? 일찍이 불란서 시인 보들레르는 '들라크루아의 생애와 작품'을 썼습니다. 부끄럽지만, 부산에서 만난 몇몇 시인들은 제 그림을 보곤 시상(詩想)이 떠올랐다더군요. 시적(詩的)인 것으로 가득 차 있다고 했습니다. 시적인 것이 무엇인지 저는 모릅니다. 다만 형님이 언젠가 제 그림을 본 후 쓰고 싶단 생각이 드셨으면 합니다. 시라면 더없이 좋고, 산문도 감읍할 따름입니다.

　　검, 창, 화살, 작살, 도끼, 포탄, 총알을 피하게 하여 주옵소서. 제 친구인 시인 구상은 천주에 대한 믿음이 깊고 성 베네딕도회 수도원과 밀착된 관계지만, 저는 필요할 때만 아주아주 가끔 신을 찾습니다. 기도법도 못 배웠기에, 어디선가 주워들은 문장들을 엮어 기도랍시고 읊습니다. 형님은 기도를 하시나요?

---

31) 손바닥

사태는 원만하게 수습되었습니다. 앙바틈한 교무는 개발코를 실룩이며 잘잘못을 따지고 싶은 눈치였지만, 교장이 시원시원하게 실타래를 풀었습니다. 인생에서 소중히 여기는 보배를 세 가지만 꼽아 보라더군요. 가족과 그림 그리고 시라고 떠오르는 대로 답한 후, 질문을 되돌려 줬습니다. 신 교장은 눈을 감더니 옛 문헌을 외듯 천천히 답했습니다. 첫째는 부드러움이요 둘째는 욕심 없음이요 셋째는 천하에 앞서려 하지 않는 것이라고. 좀 더 풀어 달라 청하자 이런 답이 돌아왔습니다. 부드럽기 때문에 씩씩한 것이요 욕심 없기 때문에 널리 뻗치는 것이요 천하에 앞서려 하지 않기 때문에 어른이 될 수 있는 것이라고.

또래끼리 어울리다가 그것도 축구를 하다가 다치고 다툰 일에 학칙을 들이대는 건 해피[32]의 소들이 웃을 짓이라고도 했습니다. '덤베 북청'을 강조하는 유강렬 역시 북두갈고리 같은 손으로 단숨에 맞장구를 치더군요. 신 교장과 유강렬은 사석에서 여러 차례 어울렸던지, 서로 더 많이 양보하려 애쓰는 모양새였습니다. 다친 학생 병원비만 양성소가 책임지는 선에서 마무리를 지었습니다. 교장이 통 큰 제안을 더했습니다. 수업에 방해만 되지 않는다

---

32) 통영 미륵도 봉평동 해안의 넓은 농경지 마을

면, 양성소 학생들이 통영중학교에 와서 축구를 비롯한 운동을 해도 좋다고. 제게도 덕담을 건네더군요. 부디 대작을 그리시라고. 탁월한 화가에게 데생을 배울 양성소 학생들이 부럽다고. 통영중학교에 와서 특강이라도 해 주실 수 없느냐고.

다방을 나갔다가 되돌아와선 가만히 묻더군요. 혹시 요청받고 초상화도 그리시느냐고. 아내가 책과 그림을 무척 좋아하는데, 기회가 되면 한산 바다를 배경으로 아내를 그려 주실 수 없느냐고. 사례는 섭섭지 않게 하겠노라고.

교장과 교무가 돌아간 뒤, 유강렬과 커피를 한 잔 더 마셨습니다. 종종 내왕하느냐 물었더니, '독수리 신 교장' 소문을 듣지도 않았느냐며 버룩버룩 웃더군요. 왜 하필 독수리냐고 다시 묻자, 신 교장이 훈화 시간에 거듭 학생들에게 들려준다는 흥미로운 비교를 꺼내 놓았습니다. 이 세상에는 두 갈래 길이 있단 겁니다. 돼지의 길과 독수리의 길. 돼지는 기어다니며 먹기만 해서 뚱뚱하지만, 봉우리 위에 앉은 독수리는 눈이 쑥 들어가고 날갯죽지가 앙상한 꼴이 무척 허줄하지요. 겉만 보고 판단하면 돼지는 행복하고 독수리는 불행할 법도 하지만, 모름지기 사람답게 살기 위해선 독수리의 길을 가야 한다고 강조한다는군요.

반박하는 이는 한 명도 없답니다. 신 교장의 독립운동 경력 때문이라더군요. 유강렬이 용화사 계곡물 흐르듯 술

술 읊었습니다. 신 교장은 하동에서 태어났고 통영과 진주에서 어린 시절을 보낸 후 경성제국대학에 진학한 수재로, 재학 중 제국주의 일본에 반대하는 투쟁을 하다가 일천구백삼십일 년 시월 치안유지법 위반으로 검거되어 서대문형무소에서 삼 년이나 옥살이한 독립운동가이고, 조선일보 기자를 지냈으며, 통영으로 돌아와 미륵도 데메에 집을 짓고 아내와 함께 농사로 소일하였는데, 요시찰 인물로 계속 감시를 받으면서 해방을 맞은 후, 잠시 상경하여 언론계에 몸담았다가, 다시 귀향하여 진주여고 교장을 시작으로 여러 학교를 옮겨 다닌 끝에 일천구백오십이 년부터는 통영중학교 교장으로 재직하고 있습니다.

　　유강렬이 목을 빼고 다방을 훑은 후 옆자리가 비었는데도 목소리를 낮췄습니다. 해방 후 통영의 몇몇 우익들이 찾아와선 신 교장의 독립운동에 문제를 제기했다는군요. 경성제대 독서회에서 탐독한 책들이 맑스와 레닌으로 대표되는 공산주의 저작들이 아니었냐며 따졌다는 겁니다. 좌우 갈등이 무척 심한 시절이었지요. 불상사를 막기 위해 구명 자금을 마련할 때 처가 덕을 톡톡히 보았다는군요. 사변 전에 '작은 하동집'을 판 것이냐 묻자, 유강렬은 사고 판 내력은 모르겠지만 자신이 통영으로 피란 왔을 때 이미 그 골목엔 술내가 진동했다며, 커피를 한 모금 마시곤 말머리를 돌렸습니다. 신 교장은 지금도 데멧집에서 출퇴근하며, 한학에도 밝아 〈논어〉와 〈노자〉를 역(譯)하는 중이랍니다.

소설가 허준 시인 백석과 함께, 일천구백삼십 년대 조선일보 삼총사로 통하던 그 신현중입니다. 두 살 어린 여동생 신순영을 소설가 허준과 결혼시킨 그 신현중입니다. 결혼식장에서 란을 보고 반한 시인 백석을 데리고 통영으로 향했던 그 신현중입니다. 깨진 혼담에 괴로워하는 백석에게 진주에서 말술을 사줬던 그 신현중입니다. 일천구백삼십칠 년 사월 란과 결혼한 바로 그 신현중입니다.

아갈잡이를 당한 기분이랄까요. 신현중과 란이 혼인 후 어디서 어떻게 살았는지 전혀 몰랐습니다. 그리움과 원망으로 가득 찬 형님의 시만 네 편 읽었을 뿐입니다. 제게 란과 신현중은 동시대인이 아니라 시에 포함된 글자로만 존재하는 사람들이었습니다. 해피엔딩이라면 '두 사람은 결혼하여 행복하게 살았습니다'로 가고, 새드엔딩이라면 '결국 두 사람은 결혼에 이르지 못한 채 두 번 다시 만난 적이 없습니다'로 갑니다. 독자들은 대부분 후일담을 따져 묻거나 찾지 않지요.

얼버무린 엔딩들은 시인이나 소설가나 화가의 오만일 수 있습니다. 작품에 등장한 인간들은 그 후로도 오랫동안 살아가야 하니까요.

형님은 어떠셨습니까? 함흥이나 만주로 떠도신 건 알지만, 통영으로 다시 가 본다거나 란과 신현중을 함께 아니면 각각 만날 뜻은 없으셨습니까? 마주 앉진 않더라도 먼발치에서 어찌 사는지 확인하고 싶은 마음은?

월남하기 전 마지막으로 접한 형님의 글은 시도 아니고 수필도 아니고 소설도 아닌, 소련 작가 미하일 솔로호프의 대작 〈고요한 돈〉 역문(譯文)이었습니다. 일천구백사십구 년 구월 첫 권을 내고 이듬해 이월 둘째 권을 내셨지요. 다들 평지에서 노는데 형님만 산말랭이33)에서 까마득한 광야와 도도한 장강을 조망하신 격입니다.

제가 그나마 불시(佛詩)를 읽고 외우는 건 친형제 이상으로 의초 좋게 지낸 학수 형 덕분입니다. 오산고보 시절부터 학수 형은 따로 시간을 내어 불어 공부에 매진했고, 스탕달의 장편들을 원서로 읽는 수준에 도달했지요. 제게도 불어를 익히라고 거듭 권했습니다.

일천구백사십 년 형님이 토마스 하디의 〈테스〉를 역했을 땐, 궁경으로 내몰린 여주인공의 기구한 삶이 묘하긴 했지만, 영국 소설을 역한 것 자체가 이채롭진 않았습니다. 불란서 유학을 꿈꾼 저나 학수 형이 불어를 공부하듯,

---

33) 산마루

대학에서 영문학을 전공한 형님이 영어에 능통한 것은 당연하니까요. 우리가 불어라는 행성에서 여전히 헤매는 동안, 형님은 또 다른 행성으로 옮겨 가셨더군요. 어떤 연유로 노어에 관심을 두셨습니까. 노어를 배웠더라도, 〈고요한 돈〉이란 대작을 역하는 건 전혀 다른 도전입니다.

노어에 능통하지 않으셨다면 월남할 기회가 있지 않으셨을까요. 광복과 함께 남쪽으로 미군이 들어올 때 북쪽으론 소련군이 들어왔고, 남한의 정치가들이 미군 장교들을 만날 때 북쪽의 정치가들은 소련군 장교들을 만났습니다. 조만식 선생님은 소련군 통역관을 신뢰할 수 없었기에, 형님을 비서로 곁에 두셨을 테고요. 고식책이었습니다.

원산에서 배에 오르기 전 어슬어슬 황혼 무렵 〈고요한 돈〉 둘째 권을 완독했습니다. 셋째 권까지 평양에서 내셨는데 제가 모르고 있는 걸까요? 역은 마치셨지만 사변의 소용돌이 탓에 출간을 못 하셨을까요? 역할 여유도 없으셨을까요? 어느 쪽이든 바라고 또 바랍니다. 형님이 역한 〈고요한 돈〉 셋째 권을, 혹은 거기서도 이야기가 끝나지 않으면 넷째 권까지 마저 읽고 싶습니다. 그토록 긴 소설을 노어에서 한글로 유려하게 역할 사람은 남북한 통틀어 형님뿐이시니까요. 각양각색 수백 조박34)으로 등장하는 인간과 공간과 시간은 가물가물하지만, 둘째 권 마지막의 사

---

34) 조각

당에 적힌 글귀는 나이금[35]처럼 선명합니다.

혼돈되고 타락된 세월에는
형제들이여 형제를 심판하지 말라

북방에 가 닿은 형님이기에, 소설은 물론이고 시집도 역하고 계시지 않을까 싶습니다. 문빗장 굳게 걸고 휘연하니 날이 밝을 때까지, 역이라도 해야 이 미친 세상 저 끔찍한 전쟁을 견딜 테니까요. 알렉산드르 푸시킨, 세르게이 예세닌 혹은 미하일 레르몬토프?

이 부분까지 밝히는 것이 나을까 솔직히 확신이 들지 않습니다. 편지를 띄우기 전에 지울 듯하지만, 아예 쓰지 않는 것과는 다르겠지요. 형님과 제 인생을 뒤흔든 결정적인 사건은 두 차례 전쟁입니다. 제이차 세계대전과 육이오

---

[35] 나이테

사변이 그것이죠. 제이차 세계대전이 없었다면, 형님이 일천구백사십 년 압록강을 넘어 만주를 떠돌거나 제가 일천구백사십삼 년 도쿄에서 원산으로 황급히 돌아오진 않았을 겁니다. 육이오 사변이 없었다면, 형님과 저는 평양이나 서울 어디쯤에서 이미 만나 밤을 새워 술잔을 기울이면서 이야기꽃을 피웠겠지요.

앙광이36)를 그리듯 우리 삶을 엉망으로 휘갈긴 전쟁이란 괴물을, 형님이 깊이 들여다보시는 건 당연합니다. 〈고요한 돈〉은 제일차 세계대전과 소련 내전을 다룹니다. 형님과 제게 악영향을 준 두 차례 전쟁보다 앞서지요. 역하며 무엇을 생각하셨는지요? 전쟁의 처참함은 마찬가지라고 여기셨을까요? 이기는 쪽은 무엇 때문에 이기고 지는 쪽은 무엇 때문에 지는지 따지셨을까요?

〈고요한 돈〉은 소련 공산당이 공식적으로 상찬한 걸작입니다. 사변의 불기둥이 제아무리 높더라도, 〈고요한 돈〉 역에 매달리는 형님을 함부로 건드릴 순 없습니다. 꼭 완간되길 원한다고 소련군 장성이 칭찬 삼아 격려라도 했다면 더더욱 형님은 안전할 겁니다. 소련 문학을 역하는 것이야말로 형님을 지키는 방패인 셈입니다.

---

36) 잠을 자는 사람의 얼굴에 먹이나 검정으로 함부로 그려 놓는 일

따디기. 마지막 겨울비 혹은 첫 봄빕니다. 땅이 젖으니 갯비린내가 발바닥에서부터 정수리까지 올라옵니다. 충렬사는커녕 강구안도 못 나가고 종일 아틀리에에서 소만 배잦게37) 그립니다. 슬픔과 어리석음을 쌔김질하며 연필을 벌써 다섯 자루나 깎았습니다. 오산고보와 문화학원에 이어 원산으로 돌아와서도 소를 그렸지만, 맘에 쏙 드는 놈이 없었습니다. 완벽한 소를 찾았다면 진작 다른 세계로 옮겼겠지요. 통영 소는 가난에 찌든 솝니다 이별에 우는 솝니다 전쟁을 아는 솝니다 죽음을 들이받는 솝니다. 앞다리부터 하나둘 뒷다리까지 하나둘. 부활로 이끄는 소는 자세부터 달라야 합니다. 그 자세는 네 개의 다리에서 비롯하지요.

신현중이 통영중학교 교장이라는 사실을 알게 된 후론 오가는 여인들이 예사롭지 않았습니다. 해저터널을 지날 때면, 서른 살은 넘고 마흔 살은 못 된, 얼굴은 곱지만

---

37) 보통보다 배 이상 잦다.

손이 거친 여인을 스칠 때면, 걸음을 멈추게 되더군요. 형님이 란이라 명명한 여인이 통영에 살고 있는 겁니다. 제가 우러르는 저 하늘을 우러르고, 걷는 저 길을 걷고, 보는 저 파도를 보고, 듣는 저 새소리를 듣는 겁니다.

여인들만 살피며 지낸 건 물론 아닙니다. 저는 이곳 통영에서 기필코 완성할 그림이 있습니다. 풍경화는 제 마음의 대작으로 가는 징검돌입니다. 자즌닭38) 시끄러운 새벽부터 밤까지 붓을 쥔 채 버둥씨면서도 매일 시를 읊습니다. 양성소나 시장에선 입안엣말, 피랑이나 세병관이나 충렬사처럼 행인이 드문 곳에선 입밖엣말. 형님 시를 가장 많이 읊지만, 어느 시인을 좋아하느냐는 질문엔 답하지 않습니다. 북녘 시인을 언급할 순 없으니까요. 그림이란 침묵하는 시요, 시란 웅변하는 그림이라지 않습니까. 바쁠수록 시를, 특히 형님 시들을 몇 수 암송하고 나면, 붓이 향할 방향과 채울 빛깔이 저절로 집힙니다.

아퀴 지을 때까진 눈인사도 귀찮습니다. 충렬사 돌층계를 바라보며 짧든 길든 나볏하게 이야기를 나눈 여인이 열 명은 넘겠네요. 형님 시에도 나오지만, 란은 감로 같은 물이 솟는 마을인 명정골 처녀였습니다. 충렬사 바로 앞, 돌층계에서 불과 오십 보도 채 떨어지지 않은 우물이 명정입니다. 저와 대화를 나눈 여인 중 란이 있었을까요? 오늘

---

38) 자주 우는 새벽닭

이라도 이야기 나누게 될까요? 내일이라도?

제가 형님과 오산고보 동창인 걸, 또한 제가 형님의 시를 오랫동안 애송해 왔단 걸 알아차린다면, 란은 충렬사에 뚱구레미를 치곤 먼 바깥으로만 다니다가 용화사 솔숲에 꼭꼭 숨어 버릴지도 모릅니다. 참고 또 참았습니다. 평안도 사투리를 쓰는 화가가 란에 관해 묻고 다닌단 소문이라도 나면, 형님 이름에 누를 끼칠 테니까요.

울짱을 뽑듯, 스케치는 오늘로 마치고 내일부턴 색을 칠하기로 다짐한 오후, 마음 넉넉한 시인이 알은체를 해왔습니다. 물감을 단 한 번도 묻힌 적 없는 작은 붓을 화구상자에서 꺼내 쥐던 참이었습니다. 명정양조장 김기섭 대표가 치른 그림값으로 산 붓입니다. 시인은 남망산에 올랐다가 아창아창 내려와선 세병관을 지나 충렬사에 이르렀다는군요. 바람도 찬데 이쯤에서 작파하고 이야기나 나누자 했습니다. 머릿속에 굴리고 굴린 글을 들려주고 싶은 눈치였지요. 새 붓을 화구상자 대신 점퍼 안주머니에 꽂곤 선선히 따라나섰습니다.

서문 까꾸막으로 접어들었습니다. 석류나무가 눈에 띄는 골목으로 들어선 시인은 익숙하게 대문을 열더군요. 사방 벽을 책으로 두른 행랑방에 저를 밀어 넣곤 요기할 술과 안주를 마련해 오겠다며 나갔습니다. 함께 가서 안줏값이라도 보태는 게 도리지만, 그날도 제 호주머니가 텅

비었기에 다음을 기약했습니다. 노닥다리처럼 팔다리를 주무르며 툭툭 치다가 손깍지베개를 하곤 누웠습니다. 구들장 온기가 차갑게 굳은 등을 펴주더군요. 하품을 따라 눈꺼풀이 점점 무거워졌습니다. 잠들고 싶었지만, 술과 안주를 양손에 들고 돌아올 시인에게 예의가 아닐 것 같아 앉은뱅이책상 위로 팔을 뻗었습니다. 영남문학회 동인지 〈영문(嶺文)〉이 손에 잡혔습니다. 1949년에 출간한 7호였습니다. 간지를 끼운 페이지를 펼쳤더니 뜻밖에도 형님의 시 '북방에서'가 나왔습니다. 이 시를 꽁지깃처럼 단 수필의 제목은 '서울 문단의 회상', 지은이는 '위랑'이었습니다.

신현중 교장의 호가 위랑(韋郞)이란 걸 유강렬에게 언뜻 듣긴 했습니다. 짧은 소견으로 말씀드리자면, 위랑은 〈한비자〉에 나오는 '위현(韋弦)'이란 단어에서 비롯한 듯합니다. 몸가짐을 스스로 중도에 맞게 경계하라는 뜻이지요. 성급한 서문표는 부드러운 가죽(韋)을 지녀 성정을 느슨하게 하고, 느슨한 동안우는 팽팽한 활시위(弦)를 지녀 마음을 급하게 하였다는 이야기. 신 교장은 이름에 이미 활시위가 팽팽하게 당겨져 있으니(弦重), 호를 위랑(韋郞)이라 지어 균형을 맞춘 것이 아닐까요.

자세를 바로잡고 앉았습니다. 제목은 '서울 문단의 회상'이지만 시인 백석 이야기로 가득 찬 수필이었습니다. 일천구백삼십팔 년 형님은 신현중을 살뜰하든 동무라고 시에 적었지만, 그 동무가 형님을 어찌 생각하는지는 알 길이 없었지요. 신 교장이 '북방에서'를 읽었으며, 불과 오 년 전에도 회고의 글을 썼다는 것이 신기할 따름입니다. 형님의 외모를 평하는 대목은 대동소이했지요. 참 멋이 질질 흐르는 당대의 미청년! 정작 놀라운 건 그 아래 구절이었습니다.

내만이 관계하고 내만이 알고 있는 여러 가지 자미(滋味) 있는 그의 Romance

란의 이야기가 이어지리라 직감하고, 서둘러 읽었습니다. 란에 관한 이야기지만 란에 관한 이야기가 아니었습니다. 통영은 건너뛰고 진주에서 만난 예기(藝妓)로 넘어가선, 이름은 잊었지만 란이라 부르기로 한다며 능치는군요. 형님이 시에서 누구를 란이라 불렀고 어떤 의미로 썼는지 알면서도, 엉뚱하게도 진주 기생을 란으로 거듭 적는 마음의 행처가 궁금합니다.

〈영문〉을 내려놓고 다시 책상을 더듬었습니다. 설창수, 유치환, 김춘수, 김상옥의 시집 아래 괴이쩍은 원고 뭉치가 집혔습니다. 출간 전 원고를 보는 건 예의가 아니기에 내려놓으려다가, 겉장의 두 글자가 여울탁처럼 걸렸습니다. 위랑. 이것 역시 신현중의 원고인 겁니다.

　형님 이야기가 더 있을까. 부등깃처럼 겉장을 만지다가 빠르게 넘겼습니다. 아쉽게도 형님의 이름이나 일화는 전혀 없었습니다. 도산 안창호 선생님 이야기가 길게 이어졌고, 아내에 대한 고마움과 사랑을 거듭 밝혀 놓았더군요. 불행해 보이는 독수리와 행복해 보이는 돼지를 비교한 글도 앞부분에 있었습니다. 무쭉한39) 원고를 제자리에 두려다가 이 대목을 되짚어 읽었습니다.

　　얼마 전에 내 고향을 갔다 왔다. 바다속에서 해와 달이 뜨오르는 내 그 전에 살던 자그마한 그 항구다. 아! 물론 그 사당도 찾아보았다. 사당 뒤에는 큰 대밭이 그전 그대로 푸르러 있고 문앞에 늘어서 있는 아람드리 동백나무들 밑에서 솟아오르는 그 샘물이 그대로 맑다. 바닷가에 개발을 하고있는 처녀들도 먼눈에 보기좋지만 이 샘물을 옥동이에다 길어가는 새각시들의 가까운 자태가 더 눈에 든다. 당직이를 따라 본당으로 들어가서 옛장수의 위패아래 충심껏 절하고 나온 나의 흉중을 잘 알리라.
　　불어오는 바람결도 따스하고 어디선지 배여오는 흙냄새도 훈훈하다. 그러나 여기가 맨 남쪽 끝인지라. 벌써 봄은 완연히 봄이로구나! 더구나 내 몸과 마음

---
39) 묵직하다.

도 봄이어든 내쉬는 숨과 내 몸에 흐르는 피가 모두 봄이었다.

　그러나 문득 내가 이 고향 땅을 간당 팔년만에 왔다는 생각을 하니 이 팔년이 한숨에 덤퍽 뛰어갔다는 크나큰 공허에 부디친다.

'천구백삼십육, 봄 조선일보 게재'라고 출처를 밝힌 글은 충렬사와 그 주변을 정겹게 훑으며 시작하지요. 형님은 허준과 신순영의 혼인날 란을 본 후 연모하는 정이 매츳매츳 자라났고, 신현중과 동행하여 통영으로 내려갔으며, 충렬사와 명정을 둘러보셨습니다. 신현중이 팔 년 만에 귀향한 것이 사실이라면, 바로 이 글 속에 담긴 여정에 형님이 동행한 겁니다. 함께 충렬사 돌층계에 앉았다가 형님은 시를 짓고 신현중은 수필을 쓴 셈입니다. 이때까지만 해도, 형님은 란과 혼인하여 알콩달콩 살 마음뿐이었겠지요. 진펄이 코앞인데도 모르는 것이 인생이니까요.

　화구상자를 어깨에 메고 이젤을 든 채 뛰쳐나갔습니다. 클클하여 머무르기 힘들었던 겁니다. 술잔을 기울였다간 제 입에서 무슨 이야기가 쏟아질지 걱정스러웠습니다. 이럴 땐 산책이 최곱니다. 부산에서도 서귀포에서도 진해에서도 마산에서도 또 이곳 통영에 와서도 고민이 쌓이고 그리움이 쌓이고 불안이 쌓이고 슬픔이 쌓이고 후회가 쌓이면 걸었습니다.

덜레덜레 물안개에 잠긴 기분이었습니다. 해방 다리를 건너, 조선소에서 한 번 통조림 공장에서 한 번 제망회사에서 또 한 번 인사를 받았지만 얼굴을 확인하지 않고 지나쳤지요. 맞은편에서 화구상자에 이젤까지 든 사내가 다가오면 비켜서서 쳐다보게 됩니다. 통영에선 화가가 드물고 겨울에 풍경화를 그리겠다며 나선 화가는 더더욱 드문 탓입니다. 씨굴씨굴 벅작거리는 굴 앞 시장을 숨도 쉬지 않고 잰걸음으로 통과했습니다. 바짓단을 걷은 채 발목까지 질퍽거리는 해저터널을 지나 미륵도로 들어서고 나서야 행인이 줄었습니다.

미수파출소 순경이 입구에서 도민증을 일일이 검사했습니다. 제 얼굴이 낯선지 행선지를 묻더군요. 통영중학교로 특강 가는 길이라고 둘러댔습니다. 몰골이 꾀죄죄하고 평안도 사투리를 심하게 쓰는 탓인지 쉽게 통과시켜 주질 않았습니다. 어디서 어떻게 월남했고 통영엔 언제부터 거주하며 무슨 일을 하는지 꼬치꼬치 따졌습니다. 저는 독수리 신현중 교장의 초청을 받았노라며 확인해 보라고 뻗대었지요. 독수리 교장이라고 하자, 순경의 굳은 얼굴이 풀렸습니다. 처음부터 위랑 선생님 초청이라고 왜 말하지 않았느냐며 통과시키더군요. 신 교장의 위세가 이 정도일 줄은 몰랐습니다.

놀라운 원고였습니다. 여백이 말하는 꼴이라고나 할까요. 신 교장의 대학 시절을 모르는 이라면, 도산 선생님의 정신을 충실하게 이어받은 교육자라고 여길 법합니다.

신현중은 경성제대에서 독서회를 꾸리는 데 그치지 않고, 서울 지역을 아우르는 반제경성도시학생협의회를 만들었습니다. 제가 이런 사정을 자세히 아는 것이 뜻밖이신가요? 중앙에서 시작된 열기가 변방으로 퍼지는 것은 당연한 흐름입니다. 학수 형이 이 흐름을 타고 동맹휴학을 주도하다가 오산고보에서 퇴학을 당한 건 혹시 들으셨습니까? 미술부에서 함께 그림에 매진하였지라, 빈자리가 매우 컸습니다. 학수 형의 불행을 거슬러 올라가 광주 독서회 사건을 살핀 후, 서울에서 제국주의에 반대하며 활동하다가 투옥된 신현중의 무용담을 접했습니다.

원고엔 그 시절 이야기가 전혀 없습니다. 질문이 연이어 범나비처럼 날아들었습니다. 이 원고가 왜 행랑방 책상에 놓였을까? 출간하기 위함일까? 씁쓸하고 쓸쓸했습니다. 〈고요한 돈〉을 역하며 제일차 세계대전과 소련 내전

뒤로 물러난 형님이나, 도산 선생님과의 인연을 강조하고 〈논어〉와 〈노자〉를 역하며 동양고전 뒤로 물러난 신 교장이나, 젊은 날의 사상과 행적을 최대한 감춤으로써 위기를 넘기고자 하는 건 마찬가지더군요.

 순경에게 둘러댄 답이 두 발을 이끌었는지도 모르겠습니다. 봉평양조장을 지나 통영중학교 정문 앞에 닿았으니까요. 수업을 마친 중학생들은 하교하는 대신 땀을 빨빨 흘리며 공을 차는 중이었습니다. 양성소 학생들이 혹시 있나 살폈지만 보이지 않았습니다. 가죽 손가방을 들고 중절모를 쓴 사내가 정문으로 걸어왔습니다. 첫눈에 신 교장인 걸 알아차렸고 플라타너스에 몸을 숨겼습니다.

 건정건정 내딛는 걸음이 빨랐습니다. 오십 보쯤 거리를 두고 조마구40)처럼 뒤따랐지요. 언틀먼틀한 비탈을 따라 해피 들녘이 넓게 펼쳐졌고, 바다 건너 세병관이 우뚝 보였습니다. 신 교장은 도미 당산 느티나무 아래에서 걸음을 멈추고 손가방에서 수첩과 연필을 꺼냈습니다. 다홍빛 노을이 공주섬과 장좌도와 남망산을 한꺼번에 감쌌습니

---

40) 조무래기

다. 단상을 종종 이렇게 서서 적어 온 모양입니다.

　향나무와 감나무 사이 대문을 열고 들어섰습니다. 드디어 데멧집에 닿은 겁니다. 웃담 중담 아랫담이라고 불리는 마을 중에서, 신 교장 집은 바다에 가장 가까운 아랫담에 자리를 잡았습니다. 마가리⁴¹⁾는 전혀 아니며, 우물은 맑고 앞마당은 넓은 가와집이었습니다. 툇마루를 따라 유리문을 달았고, 사랑채와 허텅간⁴²⁾이 앞마당을 감쌌으며, 파릇파릇 시금치가 집 앞 텃밭을 덮었습니다. 부엌에서 나온 맨머릿바람 여인이 모락모락 김이 나는 물잔을 건넨 뒤 손가방부터 넘겨받았습니다. 신 교장의 등에 가려 여인의 얼굴이, 땅바닥에서부터 어둠이 번지기 시작한 오십 보 밖에선 정확하게 보이질 않았습니다. 본 사람인 듯도 싶고 본 적 없는 사람인 듯도 싶었습니다. 하늘이 갑자기 끄물끄물해졌습니다.

　도연명. 데멧집을 둘러싼 다섯 그루 감나무를 보는 순간 찾아든 이름입니다. 우연도 이런 우연이 있을까요.

---

41) 오막살이
42) 헛간

형님 시에도 신 교장 원고에도 도연명이 노래한 '귀거래사'의 영향이 뚜렷합니다. 조선일보 근무 시절 함께 읽기라도 하셨던가요.

'수박씨 호박씨'에선 '오두미(五斗米)를 버리고 버드나무 아래로 돌아온 사람'이 등장합니다. 이 버드나무는 도연명의 집 앞 다섯 그루 버드나무일 겁니다. '흰 바람벽이 있어'에선 '프랑시쓰 쨈'과 '라이넬 마리아 릴케' 사이에 '도연명'을 넣으셨고, '조당(澡堂)에서'는 지나(支那) 사람들과 같이 목욕을 하면서도 '저기 나무판장에 반쯤 나가 누워서 / 나주볕을 한없이 바라보며 혼자 무엇을 즐기는 듯한 목이 긴 사람은 / 도연명은 저러한 사람이였을 것'이라고 짐작합니다. 세 편 모두 만주로 떠난 이후 작품들이니, 도연명처럼 시골에 파묻혀 살고 싶은 뜻이 강하셨던 것이겠지요.

신 교장도 데메에 둥지치고 농사지은 중요한 이유가 도연명의 사상과 생애로부터 영향을 받았노라 적었습니다. 도연명은 버드나무 다섯 그루를 심었지만, 자신은 풍치와 실리를 아울러 고려하여 감나무 다섯 그루를 심었다고 합니다. 도연명의 실생활이 얼마나 참담하였는가를 상상한 것도 데멧집에서 농사를 지으며 살아온 덕분이겠지요.

형님과 신 교장이 염원한, 도연명을 귀감으로 삼아 꾸

리는 삶은 얼마나 비슷하고 또 다른가요. 어디서 만나고 언제 어떻게 갈라질까요.

충렬사 밤하늘을 수놓는 별들을 우러릅니다. 무엇이 우리를 돌층계로 데려다 놓았습니까. 전쟁이라 확신하고 저주했는데, 전쟁만은 아니란 의심이 들기도 합니다.

가까이 더 가까이 다가갔습니다. 비탈을 따라 바다 가까운 길엔 초가들이 드문드문 있습니다. 신 교장과 아내가 돌아서기라도 하면, 화구상자와 이젤까지 든 저는 윗동을 가리거나 숨을 곳이 없습니다. 변명은 나중 일이고, 란의 얼굴을 우선 확인하고 싶었습니다. 열 걸음도 채 딛기 전에, 두 사람은 방으로 들어가 버렸습니다.

화구상자와 이젤을 내려놓고, 허리까지밖에 오지 않는 돌담에 붙어 넘어다봤습니다. 방은 발갛게 밝았고, 마주 앉은 그림자가 방문 창호지에 드리웠습니다. 마당 한 가운데 우물에서 목을 축이고 싶었지만, 손을 후후후 불며 기다렸습니다. 저녁 식사를 준비하려면 란이 방문을 열고 툇마루로 나와 부엌으로 향할 테니까요. 그땐 아무리 어둡더라도 얼굴을 볼 수 있으리라 여겼습니다.

지붕말랭이[43])에서 빛이 반짝였습니다. 달빛이나 별빛이라기엔 지나치게 환했습니다. 왔던 길로 예닐곱 걸음 물러나니, 바다 건너 강구안에서부터 서호시장을 지나 해저터널까지 불빛이 이어졌습니다. 해안과 들녘은 깜깜하고 띄엄띄엄 민가에서만 겨우 잔등이 흐릿한 데메와는 전혀 다른 풍광이었습니다. 신기루처럼 흥성거리고 반짝이는 저곳에서 신 교장도 란도 자랐습니다. 신 교장은 집이 정량동이니 동피랑과 남망산을 매일 오르내렸고, 란은 집이 명정골이니 충렬사를 안마당처럼 오갔습니다. 조선일보를 그만두고 통영으로 내려오자마자 일제에 의한 감시가 시작되었습니다. 해방과 사변을 지나오면서는 우익들의 공격이 이어졌고요. 오리치[44])를 벗어나기 위해, 신교장과 란은 통영을 떠나되 떠나지 않는 길을 택한 것이 아닐까요. 가세가 기울어 용화사 아랫담까지 밀려난 모습을, '작은 하동집'까지 판 사정을 통영 사람들이 모두 알게 한 것이죠. 상황이 잠잠해지고 교직에 몸담은 뒤에도, 익숙하고 풍족한 세계를 바다 건너에 둔 채, 아침저녁으로 바라보며

---

43) 지붕마루
44) 평안북도에서 쓰는 오리 잡는 올가미

살아온 겁니다. 세속을 떠나 사방이 고요한 깊은 산이나 외딴섬에서 지내는 것과도 다른 삶입니다. 눈앞에 코앞에 귀 앞에 입 앞에 손과 발 앞에 두고도 돌아가지 않고 하루하루를 견뎠습니다. 다섯 가지 빛은 사람으로 하여금 밝은 눈을 도로 멀게 한다고 했던가요.

웃음소리가 새어 나오더군요. 신 교장의 웃음과 란의 웃음이 따로따로 들리기도 하고 부부의 웃음이 함께 들리기도 했습니다. 무슨 말을 주고받는지 알 수는 없지만, 이야기에 푹 빠져 저녁 챙길 마음도 들지 않나 봅니다. 누기가 발바닥에서부터 발목을 타고 무릎까지 올라왔습니다. 너무 오래 서 있었던 걸까요. 두 다리를 번갈아 들었다가 놓으며 엄지발가락으로 땅을 차다가, 돌멩이가 튀어 화구 상자의 나비경첩을 때렸습니다. 쨋쨋한 소리가 났고, 제가 허리를 숙이며 주저앉은 것과 동시에 마당으로 통하는 미닫이 유리문이 찌꿍 열렸습니다. 거어, 누가 오셨어예?

란의 목소리였습니다. 저는 허리를 펴고 일어서는 대신, 숨어 이 순간이 지나가길 비는 쪽으로 마음을 바꿨습니다. 우연히 여기까지 왔노라 말하는 건 궁색했고, 초상화를 그리러 왔노라 둘러대는 건 갑작스러웠습니다. 시들을 입에 올리는 것도 현답이 아니었습니다. 저는 형님의 시를 통해 수백 일 아니 수천 일을 형님과 만났지만, 세상 사람들은 우리가 만난 적이 단 한 번도 없다 할 겁니다. 저는 형님의 시를 통해 형님이 란을 얼마나 사모하는지 알지만,

세상 사람들은 제가 형님의 연정을 알 턱이 없다 할 겁니다. 란도 신 교장도 세상 사람의 눈을 지녔다면, 저는 형님의 시를 아낀 나머지 망상을 키운 오산고보 후배이자 극빈한 피란민 화가에 불과할 뿐입니다. 들키지 않고 지나가게 해 주소서. 기도하고 기도했습니다. 제 기도를 바다의 신이 듣기라도 했는지, 어둠을 닮은 고양이 한 마리가 돌담 위로 올라앉았습니다. 어여 온나!

목소리가 정겹고 밝았습니다. 들었던 목소리인 듯도 하고 처음 듣는 목소리인 듯도 했습니다. 더는 목소리가 들리지 않았고, 대신 문소리가 났습니다. 방문보다 더 크고 탁한 듯하니 부엌문인 듯도 했습니다. 뒤이어 몸과 마음을 녹이고도 남는 들큰한 냄새가 앞마당을 지나 돌담을 넘어 웅크리고 앉은 제 콧속을 파고들었습니다. 눈이 자꾸 섬뻑섬뻑했습니다. 침을 삼키며 입맛을 다시며 질문을 거두고 욕심을 내려놓고 마음을 접고, 어둠에서 어둠이든 빛에서 빛이든 흐르는 것은 흐르는 대로 둘 수밖에 없음을 인정한 채, 기도하듯 두 손을 모으고 돌아서도록 만드는, 대구국 냄새였습니다.

돌아서서 걸었습니다. 냄새도 소리도 빛도 없는 곳에 닿을 때까진 숨도 쉬지 않으려 했습니다. 환청이었을까요. 여인의 목소리가 시린 목덜미를 감았습니다. 걸음을 더욱 재게 놀렸지요. 갑자기 제 몸이 기우뚱 바다 쪽으로 쏠렸습니다. 초행에 밤이고 화구상자를 옆구리에 끼고 이젤까지 든 데다가 쫓기는 마음에 걸음을 떼다 보니 돌부리에

걸린 겁니다. 비탈을 구르는 대신 양팔을 휘저어 겨우 균형을 잡았지만, 이젤은 저만치 떨어져 뒹굴고, 오른 다리가 시큰댔습니다. 걸음을 떼자마자 비명부터 터질 지경이었지요. 발목을 삔 듯했습니다. 은근한 빛이 어둠을 먹으며 따라오더니 제 발을 감쌌습니다. 달아나긴 늦은 겁니다. 천천히 돌아섰습니다. 남포등이 제 배와 가슴을 지나 얼굴까지 올라왔습니다. 파단행45) 같은 크고 맑은 눈 속에 제가 담겼습니다. 말을 하고 싶었지만 할 말이 떠오르지 않았습니다. 데멧집 부엌을 나와 마당을 가로질러 대문을 통해 남포등을 밝혀 들고 뒤쫓아 온 여인 역시 입술을 열기보단 손을 내밀었습니다. 작은 붓을 쥐었더군요. 아둔한 정탐꾼의 점퍼 안주머니에서 돌담 아래로 떨어진, 단 한 번도 물감을 묻히지 않은.

45) 아몬드

〈충렬사〉 채색까지 마쳤습니다.

복사꽃이 명정을 깨웁니다.

열 걸음 안에 제 병을 낫게 할 약이 있는 줄을 아는, 해피의 소들이 풀을 뜯습니다.

— 이ㅈㅜㅇㅅㅓㅂ

충렬사

백석과 이중섭, 머물고 떠나고 돌아오다.

백석   1912·7·1
            평안북도 정주군 출생

            1918
            오산소학교 입학

            1924
            오산학교 입학

            1929
            오산고등보통학교 졸업

                                    1930
                                    '그 모(母)와 아들' 조선일보
                                    신년현상문예 당선

            1934
            조선일보 입사

                                    1936
                                    시집 〈사슴〉 출간.
                                    통영 방문, 시 '남행시초' 발표

            1939
            만주행

                                    1945
                                    고향 평안북도 정주로 귀환

이중섭

1916·9·16
평안남도 평원군 출생

1930
오산고등보통학교 입학

1936
오산고등보통학교 졸업

1937
문화학원 미술과 입학

1945
이남덕과 결혼

1953~1954
통영 경상남도나전칠기기술원
양성소 재직

1956
사망

작가의 말
내 마음의 돌층계

소설가는 심장을 문장으로 옮기는 사람이다.

〈참 좋았더라〉를 출간한 후에도 출항을 알리는 뱃고동이 자꾸 들렸다. 구상을 하고 초고를 쓰고 퇴고를 거듭해 책을 낸 다음에는 그 작품으로부터 멀어지려 애썼다. 제주와 섬진강을 오래 걷고 돌아와 책상을 정리하고 새로운 이야기에 도전하곤 했다. 구례와 하동을 거쳐 광양까지 다녀온 늦은 밤, 종이 상자에 이중섭 관련 논저들을 차곡차곡 넣기 시작했다. 손톱 밑에 가시가 박힌 듯 자꾸 멈칫거렸다.

사료를 읽고 답사를 하노라면, 이번 작품엔 녹일 수 없지만 매력적인 소재를 접하기도 한다. 소설가들은 이것을 '이삭줍기'라고 부른다. 언젠가 때가 오면 꺼내 쓰리라 하고 간직한 소재가 나 역시 여럿 있다. 하지만 그것들이 소설로 탈바꿈하는 경우는 매우 드물다. 강물처럼 살아가다가 문득 보면, 대부분의 이삭이 낡기도 했고 썩기도 했다.

이야기가 특히 많이 모여드는 항구가 통영인지라, 내가 주운 이삭들로 뒤주를 채울 지경이었다. 그렇지만 이중섭의 경지이자 한계를 내 문장으로 옮겼으니, 이쯤에서 마무리를 짓고자 했다.

밤을 꼬박 지새운 후 결국 마음을 고쳐먹었다. 이중섭의 목소리로 이야기 하나를 더 짓기로 한 것이다. 〈참 좋앉더라〉에서 건드리기는 했으나 파고들지 못했던 화두를 고쳐 쥐었다. 이중섭이 시를 그토록 좋아한 까닭은 무엇일까. 이 질문을, 훗날 돌아와 풀 기회가 있을까. 기회가 어렵게 주어진대도, 지금보다 낫진 않을 듯했다. 이중섭의 시심(詩心)을 어루만지기로 했다.

 남아 있는 이중섭의 편지와 엽서는 대부분 일본어로 쓴 것이다. 한글로 글을 지었다면, 어떤 단어를 고르고 문장을 짰을까? 구사한 문체는 간결했을까 만연했을까? 평안도에서 태어나 오산학교를 졸업하고 도쿄에서 대학을 다닌 예술가이자 지식인의 생각과 감정을 그 글에 담고 싶었다. 편지를 띄운다면 누가 좋을까? 전쟁과 예술에 대한 묵직한 고뇌에서부터 정겨운 풍속과 맛난 음식에 이르기까지, 폭넓으면서도 비밀스런 고백을 행간까지 읽을 이가 단 한 사람 떠올랐다.

 통영을 답사하며 충렬사 돌층계를 종종 오르내렸다. 그 돌층계에 앉았던 이가 1950년대 화가 이중섭이고 1930년대 시인 백석이다. 이중섭이 그린 〈충렬사〉의 도드라진 돌층계가 백석이 지은 '통영'의 '녯 장수 모신 낡은 사당의 돌층계'인 것이다. 거기서 명정골을 내려다보면 크고 정갈한 기와지붕이 한눈에 들어온다. 〈참 좋았더라〉를 쓰는 내내 내 마음이 가닿은 집이기도 하다.

 그곳은 이중섭을 여러모로 후원한 김기섭이 대표를 맡은 '명정양조장'이다. 또한 그 집은 '작은 하동집'으로 알려진, 시인 백석이 '란'이라고 부르며 흠모한 여인 박경련의 거처였다. 1930년대 박경련의 집이 1950년대엔 김기섭의 양조장으로 바뀐 것이다. 그 사이에 무슨 일이 있었던 걸까.

평안도 정주의 오산학교는 단순한 배움터가 아니라 마을교육공동체의 모범이었다. 교사와 학생과 마을 주민들이 합심하여 질 좋은 교육을 이뤘다. 백석은 오산학교 선배 김소월의 작품을 즐겨 읽으며 시인의 꿈을 키웠다. 화가 이중섭과 문학수는 시인 백석의 작품을 애독했다. 문학수는 여동생 문경옥을 백석과 혼인시킬 만큼 그를 좋아하고 따랐다. 이중섭이 시에 탐닉한 것도, 개인적인 취향과 함께 김소월과 백석으로 이어진 흐름에 젖어들었기 때문이다. 이중섭에게 통영은 멀리 보면 이순신의 통영이겠지만 가까이 살피자면 백석의 통영이었다.

1930년대를 지나 광복과 해방공간과 한국전쟁 동안, 많은 이들이 몸과 마음을 다치고 병들어 죽어 갔다. 백석이 압록강을 건너 만주로 갔다가 돌아와 조만식의 비서로 활동하는 동안, 박경련과 그의 남편 신현중은 통영에서 여러 어려움을 극복하며 삶을 꾸렸다. 북에 머문 백석은 1962년 조선작가동맹 기관지 〈문학신문〉을 통해 신현중에게 편지를 띄우며 통영을 그리워하는 데 그쳤지만, 월남한 이중섭은 1953년 겨울과 1954년 봄 통영에 머물며 그림에 집중했다. 운명일까 우연일까. 이중섭이 나전칠기기술원 양성소 강사로 재직하는 동안, 박경련 부부도 통영에 살고 있었다. 이중섭이 어울린 시인과 그들도 어울리고, 이중섭이 즐겨 찾은 다방에 그들도 머물고, 이중섭이 산책한 해저터널을 그들도 오갔다.

나는 이중섭이 돌층계를 그리면서 생각한 '내 사람'들을 문장으로 옮기고 싶었다. 편지는, 우정이든 사랑이든, 누군가를 향한 지극한 그리움을 품은 글이다. 이중섭은 먼저 도쿄에 있는 아내와 두 아들에게 편지를 자주 띄웠다. 그다음엔 20여년 전 서울에서 기차를 타고 마산을 거쳐 배로 통영에 와 충렬사 돌층계에 앉은 오산학교 선배 백석의 잘생긴 얼굴과 시들을 떠올리지 않았을까. 고향 평안도의 맛과 멋에 이어, 통영까지 올 수밖에 없었던 사연의 시작과 끝엔 백석의 '내 사람'이 있었다. 백석은 1930년대 풋풋한 박경련만을 평생 기억했겠지만, 시에는 담기지 않은 그다음 파노라마까지 살필 가능성이 이중섭에겐 열려 있었다. 소설은 그런 가능성의 길을 따라가는 쓸 만한 방편이다.

옛 사진과 지도를 들고 통영으로 다시 향했다. 그림과 시와 몇몇 문서에 담긴 온기를 한 줌 한 줌 모았다. 그림과 시의 바깥으로 난 길은 예상보다 훨씬 어둡고 흐렸다. 연인에 대한 사랑, 가족에 대한 사랑, 예술에 대한 사랑의 웅덩이가 군데군데 함정처럼 깔렸다. 혹자는 집착의 흙탕물이라 했고 혹자는 살아남기 위한 가면이라 했다. 밀도가 지나치게 높은 탓에 생긴 옹이일 것이다.

젖은 발로 되새기는 시절 인연은 오래 간직하고 싶은 내 마음의 돌층계이기도 하다. 복사꽃 가지에서 떨어진 꽃잎들이 올봄에도 충분히 머물다 갔으면 좋겠다.

참고 문헌

'통영인뉴스' 김상현 기자와의 답사는 이번에도 뜻깊었다.
〈참 좋았더라〉에서 이미 밝힌 논저들 외에, 〈내 사람을
생각한다〉를 파도처럼 적으면서 정독한 참고 문헌은 다음과 같다.

강정화, 〈백석 시와 김환기 회화에 나타난 전통성과 모더니티 연구〉 고려대학교
    석사논문, 2010
강정화, 〈문학이 미술에 머물던 시대〉 yeondoo, 2019
강정화·신이연, 〈두 비교문학자의 편지〉 yeondoo, 2021
고형진, 〈백석 시를 읽는다는 것〉 문학동네, 2013
김명철, 〈백석 시와 이중섭 그림에 나타난 대이상향의 세계〉 비평문학43, 2012
박태일, 〈백석과 신현중, 그리고 경남문학〉 지역문학연구 4, 1999
박한용, 〈일제강점기 조선 반제동맹 연구〉 고려대학교 박사논문, 2013
백석, 〈정본 백석 시집〉 문학동네, 2007
백석, 〈정본 백석 소설·수필〉 문학동네, 2019
신수경·최리선, 〈시대와 예술의 경계인 정현웅〉 돌베개, 2012
신현중, 〈두멧집〉 청우출판사, 1954
신현중, 〈국문판 논어〉 청우출판사, 1955
신현중, 〈국역 노자〉 청우출판사, 1957
안도현, 〈백석 평전〉 다산책방, 2014
안혜정, 〈문학수의 생애와 회화 연구〉 전남대학교 석사논문, 2006
오산중·고등학교, 〈오산80년사〉 오산중·고등학교, 1987
이숭원, 〈백석 시, 백 편〉 태학사, 2023
허준, 〈허준 전집〉 현대문학, 2009

미하일 솔로호프, 〈고요한 돈 1〉 백석 역, 서정시학, 2013
미하일 솔로호프, 〈고요한 돈 2〉 백석 역, 서정시학, 2013

이시카와 다쿠보쿠, 〈이시카와 다쿠보쿠 시가선〉 지식을만드는지식, 2019
아쿠타가와 류노스케, 〈아쿠타가와 류노스케 선집〉 서커스, 2019
토마스 하디, 〈테스〉 백석 역, 서정시학, 2013

도서출판 남해의봄날 봄날이 사랑한 작가 14

글과 그림, 사진과 음악 등 그들만의 언어로 세상을 밝게 비추는 사람들이 있습니다.
숨겨진 작품들 혹은 빛나는 이야기를 가졌지만 잘 알려지지 않은 작가들의 이야기를
다양한 시선으로 소개합니다.

내 사람을 생각한다 백석에게 띄우는 이중섭 편지

초판 1쇄 펴낸날 2025년 4월 7일

글	김탁환	펴낸이	정은영 편집인
편집인	천혜란 책임편집, 박소희	펴낸곳	(주)남해의봄날
마케팅	조윤나		경상남도 통영시 봉수로 64-5
디자인	이기준	전화	055-646-0512
인쇄	미래상상	팩스	055-646-0513
		이메일	books@nambom.com
		페이스북	/namhaebomnal
		인스타그램	@namhaebomnal
		블로그	blog.naver.com/namhaebomnal

ISBN 979-11-93027-45-5 03810
© 김탁환, 2025

남해의봄날이 펴낸 여든일곱 번째 책을 구입해 주시고, 읽어 주신 독자 여러분께 감사의 마음을
전합니다. 이 책은 저작권법에 따라 보호받는 저작물이므로 무단 전재와 무단 복제를 금하며
이 책 내용의 전부 또는 일부를 이용하려면 반드시 저작권자와 남해의봄날 서면 동의를 받아야
합니다. 파본이나 잘못 만들어진 책은 구입하신 곳에서 교환해 드리며 책을 읽은 후 소감이나
의견을 보내 주시면 소중히 받고, 새기겠습니다. 고맙습니다.